异国的芬芳

罗亭

[俄罗斯] 屠格涅夫 / 著
陆 蠡 / 译

江苏凤凰文艺出版社
JIANGSU PHOENIX LITERATURE AND ART PUBLISHING, LTD

图书在版编目（CIP）数据

罗亭 /（俄罗斯）屠格涅夫著；陆蠡译．-- 南京：江苏凤凰文艺出版社，2017.6

（异国的芬芳）

ISBN 978-7-5594-0546-3

Ⅰ．①罗… Ⅱ．①屠… ②陆… Ⅲ．①长篇小说 - 俄罗斯 - 近代 Ⅳ．① I512.44

中国版本图书馆 CIP 数据核字 (2017) 第 124069 号

书　　名	罗亭
著　　者	（俄罗斯）屠格涅夫
译　　者	陆　蠡
责任编辑	黄孝阳　王　青
出版发行	江苏凤凰文艺出版社
出版社地址	南京市中央路 165 号，邮编：210009
出版社网址	http://www.jswenyi.com
印　　刷	三河市兴国印务有限公司
开　　本	880 × 1230 毫米　1/32
印　　张	5.75
字　　数	264 千字
版　　次	2017 年 6 月第 1 版　2021年 7 月第 3 次印刷
标准书号	ISBN 978-7-5594-0546-3
定　　价	35.00 元

英译本序

一

屠格涅夫已不仅是属于俄国的作家。在他的生涯的最后十五年中赢得了广大的读者之群，最初在法国，继之在德国和美洲，终及于英伦。

在他的葬仪的演说中，欧洲最富于艺术和批评精神的一国的代言人欧讷斯德·列能，颂扬他是我们的时代的最伟大的作家之一：“这巨匠，他的珍贵的作品装饰了我们的世纪，出人头地的成了一整个民族的化身。”因为“一整个的社会生活在他里面，从他的口里说出来。”我们可以添说一句，这不仅是俄罗斯的社会，而是整个斯拉夫社会，得有“被这样伟大的巨匠把它表达出来的荣幸”。

可是，这种认识的发展却很迟缓。并没有像在几年间便使托尔斯泰伯爵一举而蜚声全球的那种倏忽的骛奇的波澜和奔涌的热狂。屠格涅夫的人格，和他的才华，没有什么可以打动或迷住一般民众的想象的地方。

就他的创造天才的旺盛说，屠格涅夫是站在古往今来的最伟大的作家们中间的。屠格涅夫所介绍给我们的活人的艺术馆，人们，尤其是女人们，各不相同，完全个性化的，但都是实际生活中的人物；他所发现的巨量的心理学上的真实，他所显示给我们的人类感情的微妙的翳影，只有在伟大中之最伟大的方能把他们的艺术的遗产传留给他们的祖国和全世界。

关于他的运用材料，把它形成体型的方法，他更是超人一等的，是一个纯粹的创造者。托尔斯泰是比较柔软易变的，当然也和屠格涅夫一样的深刻、独创，和富于创造力，而陀思妥夫斯基是更强有力、热烈，和戏剧的。但是以一个“艺术家”而论，以一个把细枝小节凑合成一个谐和的整体的匠手而论，以一个想象的作品的建筑师而论，他超过他本国所有的散文写作家，在外国的伟大的小说作家中间也很少有人和他比肩。二十五年前，正当乔治桑声名极盛的时候，读了他的一个短篇《婀斯耶》(Assya)，写信给他说：“老师，我们大家都得要到你的门下来学习了。”这是，真的，出诸著名艺术的法国文学的代表者的口，是过甚的恭维，但这并不是谀言。以“艺术家”言，屠格涅夫实际上站在古典文学家的中间，不管题材的本身的意义消失已久，仍然会因了完美的形式而被研究被欣赏。但是好像是因为他的对于艺术和美的忠实，他故意把他创作的范围囿住了。

熟谙屠格涅夫全部的作品的人便能了然，他是获得有不论繁复与简单的、高贵与卑俗的一切人类的感情一切人类的情绪的秘钥。从他的优越的高处，他望见一切，了解一切。大自然和人在他的平静而犀利的目光中不能有什么隐藏的秘密。在他的晚年，几篇速写如《克莱拉密里奇》(Clara Militch)，《胜利的恋歌》(The Song of Triumphant Love)，《梦》(The Dreams)和莫与伦比的《幽灵》(Phantoms)，他表示出他对于那些纵然不能用理智说明却是隐匿在人类的脑筋的一隅的一切幻想的、恐怖的神秘的不可解的事物的运笔之巧，他是及得上爱伦坡、霍甫曼和陀思妥夫斯基的。

但是他是这般地爱好光明、阳光，和活生生的人的诗歌，又这般地憎恶一切丑恶的、粗糙的、不谐和的，他把自己造成一个几乎是专一的倾于人性较温和的一方面的诗人了。在他的绘画的边缘，或在它们的背景中，仅是为了对比的缘故，才示给我们以邪恶的、残忍的，以至于生命的污坑。但是他不能久留在这阴澹的境域中，他赶忙回返到阳光和花的区域，或者到他所最欢喜的悒郁的有诗意的月光下，因为在那里他能够替他自己的伟大的愁苦的心找到表现。

甚至于嫉妒，人类的感情中最饶诗意的黑影，温和的艺师连这也避免了。他从来很少描写它，往往只是粗略地一提。但是没有一个小说家能有像他一样的旷达，能够容纳如许纯洁的、晶莹的、永远年青的爱的感情。我们可以说描写爱是屠格涅夫的特长。佛仑西斯哥·柏得拉加[①]所描写的一种爱——罗曼蒂克，矫揉的，骑侠时代暖室中的爱——屠格涅夫出之以自然的、发乎情的，以各色各样的形式、种类和表示的近代的爱：徐缓的逐渐的爱与突如的猝发的爱；属于灵的、可羡的、发扬奋励的爱与毒害生命的像日久蔓延的疾病传染给别人的可怖的爱。

---

① 佛仑西斯哥·柏得拉加 (Francesco Fetrarca，1304—1374) 意大利诗人，人道主义者。——译者注。

屠格涅夫的洞识世情的慧眼中是有什么异常似的，还有他的把两千年来的小说家取作题材的感情传达出来的无穷匮的富藏，真实和朝气。

在著名的加罗林·鲍尔的回忆录里面有一个关于柏格尼尼[1]的特异的传说。她说这位伟大的蛊人者之所以能够擒纵听众的感情的是仅恃乎一条单独的G弦的独到的运用，凭他的不可思议的弓法，使之高歌，使之低吟，使之呼号，使之怒吼。

屠格涅夫的恋爱描写恰类乎此。在他的竖琴上有许多别的弦，但是拨到这一根时他得到最大的反应。他的故事并不是恋诗。他只是欢喜用这种令人的灵魂把最高的力量聚在一起，像熔化在洪炉里面，呈出渣滓和纯金来一样地熔化了的感情来表演出他的人物。

屠格涅夫以农民生活的速写开始他的文学生涯，在俄国赢得巨大的普遍性。他的《猎人日记》中包含几个最佳的短篇。还有一篇《乡村旅舍》(Country Inn)，在过后几年技巧已经成熟的时候写的，是和托尔斯泰的短篇杰作《波里库夏》(Polikusha)一样地佳美的。

他当然能够描写俄国民众的各阶层和情况。但是在他的比较巨大的作品中他独着笔于俄国的一个阶级。这并不似托尔斯泰的包罗万有的画幅，内中有全体的俄罗斯在读者的面前受检阅似地通过。在屠格涅夫的小说中，我们只能够看到有教育的俄罗斯，或者宁可说是他所最熟悉的有进步思想的一部分人，因为他自己也是其中之一。

我们并不如何惋惜这种特殊化。质的本身有时候抵得过量

① 柏格尼尼(Paganini，1784—1840)意大利提琴圣手。——译者注。

的。虽则人数很少，但是屠格涅夫所表演出来的俄国社会的一角是非常饶有兴趣的，因为这是国家的主脑，唯一地能够感化广大的未成形的群众的活的酵母。他们的国家的命运，是由他们决定的。其次，只是把他的天才集中于如此熟悉的范围内，把他的思想和同情完全专注在这上面，才能把他的作品的艺术价值抬高。他在容量上所失去的，在明确，深刻，不可思议的精微，每一个细枝小节的生动，和全体卓绝的优美诸点上偿得了。他所遗留给我们的艺术的珍宝好像庋藏在艺术馆和博物馆的密室中的国宝，揣摩得愈久，愈增歆羡。但是我们须得认作托尔斯泰的作品是庞然高耸的纪念物，以巨大的花岗石凿成，置于通衢大道，成了四方瞻仰的人们惊奇叹赏的事物。

屠格涅夫不描写民众而仅是描写人们中间的优秀分子(élite)。他在异国人中博得的令誉，和他的读者逐年增加的事实，证明这伟大的艺术是国际的，并且，我可以说，对这艺术的嗜好和了解在各地仍正滋长无已。

二

书本上写着说没有一个人在他的本国内是先知，从荒古无稽的时代起，凡是对于一种事业的失败的努力者都从这句格言中的真理获得了安慰。但是据我所知，这苛刻的限制一向不曾施于艺术家的身上。真的，在表面上看来被他描写的又是为了他们而写的艺术家的本国人，比起外国人来反而不易认识他，这种说法好像是荒谬的。但是在某种特殊的独异的情形之下，最不近情的事有时竟会遇到，屠格涅夫的境遇便证明这一层了。

事实是这样，以“艺术家”的身份，屠格涅夫的身价，是首先受外国人珍视的。过后俄国人才开始了解他，只是在现在，在他的死后，才把他放在应得的地位，而在他的生时，他的艺术的天才是比较很少受人重视，除了少数他私人的朋友们。

这至上的艺术潜移默化地影响及俄国的社会，使一个这样丰富地赋有艺术天性的民族受到影响，也恰尽了它的本分。屠格涅夫是俄国作家中最被广读的，连托尔斯泰也不能例外。托尔斯泰只是在他死后才惹起世人的注意的。但是屠格涅夫没有得到充分的认识，因为他的作品适产生于政治与社会斗争的混乱时期，最有作为的人都专心于别的事业和企图，不能也不想珍视和欣赏纯粹的艺术。这是一个艺术家的苦痛的几乎是悲剧的处境，生于最不艺术的时期，他的至高的企望和至贵的努力，在他献身给他们的切盼替他们效劳的本国人们的中间受了伤受了刺激。

这种失和苦难了屠格涅夫的一生。

在他的文学生涯中的一个危机的时期中，这种冲突竟成为如此激烈，反对他的至上艺术的真实性和客观性的鼓噪是如此喧腾而齐口同声，使他满拟完全放弃文学了。他不能下这决心。但这是浅而易见的问题，敏感而温娴的他，易沦于沮丧和失却自信，假如没有他的许多朋友及赞美者，国外各派的伟大作家如：法国的乔治桑，居斯泰夫·福洛贝尔；德国的奥尔巴哈；美国的 W·D. 霍威尔斯；英国的乔治·伊里奥德诸人的热情的鼓舞，则能否替他的祖国文学作如许的努力是不得而知的。

当他的作品陆续和读者相见时[①]，假如篇幅允许的话，我们可以把他苦难的生涯的故事逐一叙述出来。在此间我们只想

① 指英国本屠格涅夫全集，英国 William Heinmann 公司出版。——译者注。

述及和目前的小说有特殊关系的一二桩他的生平，藉知他在本国人的思想中所占的特殊的地位。

屠格涅夫，生于一八一八年，是属于当时极少数的俄国人的一群，他受有完美的欧洲教育，就是比之于机会最好的德国和英国青年，亦决无逊色。又适逢他的叔父尼古拉·屠格涅夫，那位著名的十二月党，在想用武力求得俄国立宪政体的第一次尝试（一八二五年十二月十四日）失败之后，得能逃出沙皇尼古拉一世的虎口，流寓法国，在那里他用法文印行第一次俄罗斯革命的宣言。

当屠格涅夫在柏林大学研究哲学的时候，闲常到叔父的家里作短期的拜访，他的叔父开始灌输他以自由的思想，此后，在他久长的一生中从未离开自由的道路。

在六十年代，当亚历克山大·赫尔岑，一位我们国家最有天禀的写作家，一位熣灿的、睿智的、善感的和强有力的新闻记者和矞皇瑰丽的论文作家在伦敦开始办《钟》(Kolokol)，一种革命的或者毋宁说是过激的报纸的时候，曾予俄国以巨大的影响，屠格涅夫是它的最活跃的撰稿者和顾问之一——几乎是编辑委员之一。

这桩事实的发现，我们不得不归功于特拉戈玛诺夫教授(Prof.Dragomanov)，他在几年前把屠格涅夫和赫尔岑来往的私人信札发表了。这极饶兴味的小册子在屠格涅夫身上投下了新的光，表示我们的伟大的小说家同时是他的时代中最强有力的一员——也许就是最强有力的——头脑最清晰的政治思想家。这样一位多才多艺的人看来是好像不能置信，但是只要把他的观点、他的态度以及他的预言——有几桩只是在最近才得到证明——和当时各派的政治团体的被人公认的领导者和代言人（连赫尔岑自己也在内），所说的一切比较一下，便可证实了。一如过后的历史的证明，屠格涅夫所想的往往是最有见地的，最准确的，最有远大目光的。

一个这样热烈爱好自由的，有这种激烈的见解的，任是他对纯艺术是如何的忠心,他不能把这种见解逐出文艺作品之外。假使他自己作了这种伤残，他会成了一位可怜的艺术家了，因为无羁的自由，艺术家个性的恳挚诚实的表现，是一切真艺术的生命和灵魂。

屠格涅夫将自己整个的身心，将创造的幻境与思想的精华献给祖国。他同时是一个导师，一个新理想的预言者，一个诗人，和一个艺术家。但是他的同胞们颂赞他的能力，而很久不能体会到他的更伟大的地方。

这样，在我们国史上一个最重要最值得注意的时期，屠格涅夫是自由思想——思想的俄罗斯——的先驱和鼓吹者。虽则这两个人站在正对的两个极端，屠格涅夫的地位可比之于今日的托尔斯泰伯爵，其间略有不同，而这番我是左袒《德密特里·罗亭》的作者了。在屠格涅夫，思想家和艺术家不会树立了斗争，折耗了并且有时互相抵消了双方的努力。他们手挽手地前进，因为他只给我们以无可非难的艺术的客观存在和某种理想、教义和期望的具体化的生命活跃的男子和女子，却不作何种说教。并且他永不从内在的意识里演释出这些理论和教义，只是从实际生活中，以他万无一失的艺术的天才，在正要成为历史事实的时候把一桩萌发的运动抓住。这样，他的小说是近代俄罗斯思想史的一种艺术的缩图，同时是它的思想进展的强有力的利器。

三

《罗亭》是屠格涅夫社会小说的第一部，是继后诸部的艺术的导言,因为这是述及现在的社会政治运动开始之前的时期。这时期会迅速地被遗忘，假如没有他的小说，我们很难明瞭它的真相，这是值得研究的，因为在其中我们可以找到未来的成长的萌孽。

这是黑暗的时代。尼古拉一世残暴的专恣，像石棺的盖似的把凡是和他的狭仄的观念不相容的每一字句每一思想压碎。但这还不算顶坏。最坏的是进步的俄罗斯只是被少数人代表着，他们超越过他们的时代环境是如此的远，使他们觉得生活在自己的国内比起在外国人的中间更为寂寞、无助，和生活的实际不相接触。

但是人们总得要替他们的精神能力找到出路，这些人们，不能和他们的周围的人们同流合污，于是便替自己创造了人为的生命，人为的企图和事业。

他们所处的孤独之境不期而然地把他们促紧拢来。这种类似介乎非正式的团体和辩论会之间的“集团”，便成了能使这些渴望的心或思想得到满足的一种形式。这些人们相遇，交谈；这就是他们所能做的一切。

书中的一节说到一个角色列兹尧夫告诉他所爱的女人关于他自己和罗亭也是其中的一员的小“集团”，是涵义最深的历史上的事实。这是指青年学生们的“集团”。但是可作更广泛的应用。这时期中所有的著名人物——如斯丹克维奇，书中采作动人的诗人气派的波罗斯奇的模特儿的；亚历克山大·赫尔岑，和大批评家白林斯基——都有他们的“集团”，或者可以说是他们的小小的“私人礼拜堂”，这些热心人聚集其中，礼赞“真理、艺术、道德之神”。

他们是当时最优秀的人物，充满了崇高的企图和学识，他们的没有自私的对真理的探索当然是一种高贵的企求。他们有权利瞧不起辗转在鄙俗和自私的物质主义的泥途中的他们的邻人。但是生活在精神的温暖的梦中，生活在哲学的思考和抽象的理想中，这些人们在实际生活的参预中便完全不适宜了，徒耽溺于理想和他们本国的生活是毫不相关的，只是离得更疏远了。滔滔不断的说话的川流把他们自发的感情的自然的渊源流涸了，这些人们专凭不住地分析他们自己的感情，却反而变成无情的了。

德密特里·罗亭是这世代中的典型人物，是时代的英雄，又是它的牺牲者。——说话是一个巨人，做事是一个矮汉。他和年青的提摩斯西尼斯[①]一样的雄辩，一个所向披靡的舌战者，他出现的时候把所知道的一切都搬到他的前面来了。但是当他加入艰苦的行动的试验中时，他是丢尽面子地失败了。但是他并不是一个骗子。他的热情是有传染性的，因为这是真挚的；他的雄辩是令人悦服的，因为忠于理想是他全神贯注的热好。他可以为了理想而死，并且，尤其难能可贵的，是他从不肯为了世俗的利益有毫发之间离开他的正道，或者是怕什么辛苦。只是他的热情完全是从他的头脑里涌发出来的，心，人类的爱和怜悯的深刻的感情的力，在他的里面瞑睡着。人类，他将流

① 提摩斯西尼斯 (Demosthenes，384—322 B.C.) 希腊雄辩家，爱国者。——译者注。

尽他最后的滴血为它效劳的，于他只是一些异邦人——法国人，英国人，德国人——当他在国外做学生或游历的时候在旅馆或避暑浴场中遇见的或在书本中读到的异邦人而已。

一个人对于这种抽象的异国的人类，是不会感到真正的热爱的。纵然在表面上是火热，罗亭在心的底里是和冰一样的冷。他的热情好像北极圈里的极光，只会发光而没有温热。是普惠万方的太阳的可怜的替代物。但是假如极地的长夜连这可怜的替代物也被褫夺时，这块上帝所遗弃的地面将成为怎样呢？罗亭以及和他同一模型的人们——换一句话说，一八四零年代的人们——固然有他们的弱点，但是替他们的国家也尽了英勇的劳绩。他们在这国家中谆谆不倦地宣扬了理想的宗教；他们携来了种子，只是播在他们祖国的温暖的犁沟里面，方能长出将来丰秀的稼禾来。

这些人们的缺点和无力是因为他们和本国没有枝叶的蒂连，在俄国的土地没有生根。他们简直不大了解俄国人，俄国人对他们只是历史上的抽象的东西。他们真的是大同主义者，求进于更善美的可怜的过渡的东西，屠格涅夫把他的英雄铺排得死在法国的街头防堵上，是和忠实于艺术一样地也忠实于生活的。

继后三个世代的过程中这国家内部的完成把这缺点弥补了。但是有否完全弥补了呢？不，不幸，差得很远。依然有几千道的障碍使俄国人不得替他们的同胞做有益的事，和他们融谐无间。心肠最热的人的精神的能力——至少是一部分的——逼得要走上屠格涅夫小说中所描写的人造的道路。

于是罗亭的典型便永久存在，它将不仅获得一种历史的意义了。

果戈理论及他的一篇伟大的喜剧[①]中的主角赫里斯得珂夫的性格时，他曾宣称这种典型是几近乎普通的，因为“每一个俄罗斯人”，他说，“是有点赫里斯得珂夫在他身上的。”这句并非过谀的话，由于对果戈理的伟大的权威的尊敬，已被虚心地承认了，而自从那时起屡被复述引证着，虽则表面上微似不近理。赫里斯得珂夫是一种穿着俄国服装的鞑靼人，而朴实和淳厚是举凡俄国人在性格上、态度上、艺术上、文学上的基本性质。但是老老实实地可以说一句，我们的时代中每一个有教育的俄国人都有点德密特里·罗亭的气质在他身上的。

这个人物无疑地是屠格涅夫的艺术陈列馆中最佳美的作品之一，同时是他的艺术笔法最辉煌美丽的一个范型。

屠格涅夫并不给我们一笔勾出从整块的石头上雕凿出来的人像，好似托尔斯泰在书页上移到我们的面前来的。他的艺术，与其说是一个雕刻家，毋宁说他是一个画家，或是音乐作曲家。他有更丰富的色彩，更深的透视，更复杂的光和影——一个比较完全的灵动的人的肖像。托尔斯泰的人物，是这样栩栩如生地具体地挺立着，令我们觉得在街路上可以认识他们。屠格涅夫的则好像那些把密情和私信向人披露，揭开他们精神生活的秘密来的人们。

每一穿插几乎每一行句，展出新的奥邃的天地，在他的人物上投下新的未能预期的光。

这故事中的主人公的异常复杂的和难描的性格，最能表明这精细的心理的多方面。德密特里·罗亭是建筑在矛盾上面的，

① 指果戈理著名喜剧《巡按使》。——译者注。

但是没有一个瞬刻他好像不是完全真实的，生动的，具体的。

几乎不亚于前者，可注意的是女主人公娜泰雅的性格，娴静的，简朴无华的，实事求是的女孩子，在心的底里是热情的，英雄气质的。她只是一个孩子，还没有长成，对于一切生命的影像都很新鲜。假如用究根到底、分析的方法来描绘她，便会把这美丽的创作毁了。屠格涅夫只用数行洗练之笔，综合地描写一下，便能把她的灵魂的秘密显示给我们；使我们知道假如她在别的环境里面她是什么人，并且会变成怎样的人。

这位角色我们不能在此加以充分详细的叙述。屠格涅夫，像乔治·美列提士[①]一样，描写女人是一个能手，娜泰雅是近代俄国史中一桩极惊人的事实[②]的诗意的显现的第一人；具有较当时男子更男性的坚强的思想的女子的出现。在屠格涅夫的前三部小说里，我们可以看到强有力的、热恳的、激烈的女子，站在软弱的、犹疑不决的，虽则智能很高的男子的旁边，领导着行动，而她们自己在思想的领域里却只是谦逊的男子们的学生。直到后来，在《父与子》里，屠格涅夫在巴柴洛夫身上给我们一个异常男性的男子。这种一八四零年至一八六零年间俄国智识界生活情形的饶有趣味的特殊情形，我想在分析屠格涅夫另一部小说的时候更详尽地来说，在那本书里这对照是更显明。

这展开在我们的面前的故事中的次要人物，我不想说什么：列兹尧夫，毕加梭夫，拉苏斯基夫人，柏达列夫斯基，这

---

① 乔治·美列提士（George Meredith，1828—1909）英国小说家，诗人。——译者注。

② 在当时的俄国，具有极坚强的性格的革命女性如薇娜·沙苏利奇、苏菲亚·柏洛夫斯加亚的出现，是“近代俄国史中一桩极惊人的事实”。——译者注。

些都是那称作小型描写的最佳的例子。

至于就这小说的整体而言，我在此地只提出一个注意之点，并不想占先读者的印象。

在他严守着实际、真实和自然的意义上看来，屠格涅夫是一个写实主义者。但是在生活的纤毫毕肖的忠实的描写里面，他从不容令人生厌及涩晦难解，一如这学派的最出色的代表作家意为不可少的。他的描写从来不会有过量的细枝小节；他的动作是迅速的；事情的发生从来不会在一百页之前预揣得到；他把读者放在恒常的紧张里面。在我看来，他这样的写法比英法美各国最有天禀的正派的写实主义者表现得更好。生活不是乏味的；生活充满着不可知的预期，充满着紧张。一位小说家，无论怎样写实的论理的，假如他不想只为了表示忠实而牺牲艺术的灵魂，他在小说中不得不要有这些东西。

《德密特里·罗亭》的结构是异常地简单，一个英国的小说读者会说这简直没有结构，屠格涅夫蔑视这种耸人听闻的小说家的花样。但是对一位俄国读者，他们很容易把雨果或仲马的小说在未读完之前放下来，较之于《罗亭》或屠格涅夫的任何部巨大的小说，浪漫派的小说家以出人意料的情节和离奇的境况得来的快感，屠格涅夫以活泼的异常集中的动作，尤其是以小说家最简单最宝贵的天禀——对于他的读者的情绪和同情的擒纵——得之。在这一点他可以喻作一个音乐家，不籍思想的媒介，使听众的灵魂和神经激动；或者，更切近一点，他可以比作一个融合了文字的力量与谐和的魔力的诗人。人们不是在读他们的小说，而是生活在它们中间。

这种美妙的异禀大部分是有赖于屠格涅夫对于我们的丰

富的婉转的音乐般的文字的一切资源的运用自如。只有诗人莱蒙托夫写得和屠格涅夫一样美丽的散文。在转译的时候很多的美丽是无可避免地丧失了。但是我很荣幸地说目前的译本是我所未曾读到过的和原作的优美和诗的风格最相近似的。

一八九四年斯特普尼亚克序于贝特福公园。

目录

一

是静静的夏朝。太阳已高悬在明净的天空，而田野仍闪烁着晓露。一阵凉爽的微风馥郁地从初醒的山谷吹来，群鸟在朝露未霁，阒无声息的森林中快乐地颂着晨歌。在自顶至麓都满布着放花的裸麦的隆起的高原的瓴脊，有一个小小的村落。沿着到这村落去的狭径，一个少妇在走着，她穿着白纱布的长袍，戴一顶圆草帽，手里拿了遮阳伞。离开她的后面不远，尾随着一个僮仆。

她好像在欣赏步行之乐，缓缓地前进。前前后后临风点首的修长的裸麦，以轻柔地沙沙作响的长波摆动着，时而在这边投下一片灰绿色的光影，在那边皱起一道红波；百灵鸟在头顶上流啭。少妇适间从自己的田庄来，这田庄离开她正朝向着走去的小村落约一哩许。她的名字叫作亚历克山得拉·巴夫洛夫娜·黎宾。她是一个寡妇，没有孩子，颇有点资产，她和她的兄弟，一个退伍的骑兵队军官，名叫塞尔该·巴夫里奇·服玲萨夫的住在一起。服玲萨夫没有结婚，替他的姊姊管理田产。

亚历克山得拉·巴夫洛夫娜到了这小村，在最后的一所很古旧的很低矮的草舍前面停住了。她喊仆人上前来，叫他跑到里面去问候女主人的健康，他立刻便回出来了，同着一位衰老的白须的农夫。

“嗳，怎样，她好么？”亚历克山得拉·巴夫洛夫娜问。

“唔，她还活着。”老人回答。

“我可以进去么？”

“当然可以，请。”

亚历克山得拉·巴夫洛夫娜走进这草舍。里面很狭小，气闷，满是烟。在充作卧榻的暖坑上有人在蠕动着，开始呻吟起来。亚历克山得拉·巴夫洛夫娜环瞥四周，在半明半暗的当中可以分辨得出这裹在棋格子花纹的布巾里面的干皱枯黄的老妇人的脸。一件笨重的外套一直盖到喉头，使她呼吸都感困难。她的无力的手在抽搐着。

亚历克山得拉·巴夫洛夫娜跑到老妇人的身边，用手指探她的额，那是火热的。

“好过么，老婆婆？”她问，身子俯在床上。

“哎唷！”老妇人呻吟着，想把身子伸出来，“坏，很坏，亲爱的！我临终的时刻到了，亲爱的！”

“上帝是慈悲的，老婆婆；也许不久就会好些。你有没有服用我送来的药？”

老妇人痛苦地呻吟着，没有回答。她几乎不曾听到这问句。

“她吃了，”站在门边的老人说。

亚历克山得拉·巴夫洛夫娜转身朝着他。

“除开你便没有别的人陪伴她么？”她问。

“有一个女孩子——她的孙女——但是她老是跑开去。她不肯坐在她的身边；她是一头无缰马。拿一杯水给老婆婆喝于她都嫌太烦累了。而我老了，我有什么用？”

“要不要把她带到我那里去——到医院里去？”

“不，为什么把她搬到医院里去？横竖一样地要死。她活够了一生，现在，这似乎是上帝的旨意。她再也不会起床了。她怎样能够到医院里去呢？假如把她抬一抬起身，她便死了。”

“哦！”病妇人呻吟道，“我的好太太，不要撇弃我的孤儿；我们的主人在远的地方，但是你——”

她继续不下去，她已经用尽了气力来说这几句话了。

“不要愁，”亚历克山得拉·巴夫洛夫娜回答说，“一切都将要照你的意思做。这里有一点茶和糖，是我带来给你的。假如你想喝的话，你应该喝一点。你们有茶炊么？也许？……”她望着老农奴继续地说。

“茶炊？我们没有茶炊，但是可以想法找一个。”

“那么想法找一个，否则我送一只过来。并且要告诉你的孙女，不要像这样地撇开老婆婆，告诉她这是可耻的。”

老人没有回答，只是用双手接过那包茶和糖。

“好，再会，老婆婆，”亚历克山得拉·巴夫洛夫娜说，“我要再来看你；你不要气馁，要按时吃药。”

老妇人抬一抬头，将身子微向亚历克山得拉·巴夫洛夫娜移拢。

“请把你的手给我，亲爱的太太。”她喃喃地说。

亚历克山得拉·巴夫洛夫娜没有伸给她手；她俯身在老妇人的额上吻了一下。

“现在好生照料，”她一面出去一面对老农奴说，“不要忘记给她吃药，照着方单上所写的，并给她喝一点茶。”

老人仍是没有回答，只深深地打了躬。

跑到外边的新鲜空气里，亚历克山得拉·巴夫洛夫娜便觉得呼吸舒畅了。她撑起遮阳伞正想起步回家去，突然在小草舍的角上出现了一个三十岁左右的男子，驾一辆竞赛的轻马车，穿着灰色的亚麻布的旧外套，戴着同质料的军营小便帽。他瞥见亚历克山得拉·巴夫洛夫娜，立刻便勒住马，转向着她。他的阔大的无血色的脸，一对细小的浅灰色的眼睛和几乎斑白的短髭，一切似乎和他的衣服同一色调。

“早晨好！”他开口道，带着懒意的微笑；“你在此地干么！假如容我问一句的话。”

“我正望了一位病妇人……你从哪里来，密哈罗·密哈伊里奇？”那个叫作密哈罗·密哈伊里奇的男子直盯着她的眼睛，又笑了。

“这倒很好，”他说，“来望病人，但是你把她送进医院里去不是更好么？”

“她太衰弱了，不能搬动她。”

“但是你是不是想要放弃你的医院了？”

“放弃，为什么？”

“哦，我这样想。”

“多奇怪的念头！你的脑袋里装着的是一种什么想法？”

“哦，你知道，你现在时常和拉苏斯基夫人一起，好像受了点她的影响。在她的口吻中——医院，学校，以及诸如此类，都只是耗费时间——无补实际的时髦戏。慈善事业应该完全行于私人间的，教育也是一样，这些都是灵魂的工作……这就是她所发表的意见，我相信。她从谁那里摭拾得这些主张呢？我倒想知道。”

亚历克山得拉·巴夫洛夫娜笑了。

“达尔雅·密哈伊洛夫娜是一个精明能干的人，我很欢喜她，很尊敬她，但是她也会有错误的，我并不一概相信她所说的一切。”

“你不一概相信她是很好的，”密哈罗·密哈伊里奇接着说，老是坐在车里不动，“因为她对于自己所说的都不十分信任。我很高兴碰到你。”

“为什么？”

“这真是妙问呢！碰到你岂不总是可高兴的么？今天你看来仿佛和这早晨一样的新鲜、明媚。”

亚历克山得拉·巴夫洛夫娜又笑了。

“你笑什么？”

“笑什么？当真的！假如你自己能够看见你献这番恭维话的一副冰冷和无情的脸！我倒奇怪你说到最后的一句时不曾打呵欠！”

“一副冰冷的脸……你老是需要火；但是火是毫无用处的。闪了一阵，冒一阵烟，便熄了。”

“但是与人温暖……”亚历克山得拉·巴夫洛夫娜插进一句。

“是的……也把人焚毁。”

“就算是，焚毁了算得什么？这并没有大害！无论如何总比……好……”

“好，待有一天烧你一个痛快，那时且看你怎样说，”密哈罗·密哈伊里奇用不耐烦的声调打断她的话，拢一拢缰绳，“再会。”

“密哈罗·密哈伊里奇，等一等，”亚历克山得拉·巴夫洛夫娜喊着说。“你什么时候来看我们？”

“明天，替我望望你的兄弟。”

马车辘辘地滚去了。

亚历克山得拉·巴夫洛夫娜望着密哈罗·密哈伊里奇的背影。

“布袋子！”她想。挤作一团地坐着，灰尘盖满了一身，帽子戴在后脑袋，一堆堆的乱麻似的头发从帽底下钻出来，他是出奇地像一只大面粉袋。

亚历克山得拉·巴夫洛夫娜静静地转身踏上回家去的小径。她走着，眼睛茫然凝视在地上。一阵马蹄声使她停住，抬起头来……她的兄弟骑着马来迎接她了；在他的身边走着一个中等身材的青年，穿着淡颜色的上衣，淡颜色的领带，和淡灰色的帽子，手里拿了一根杖。他早就望着亚历克山得拉·巴夫洛夫娜眯笑了，虽则她沉在思想中，什么都不曾注意，当她脚步停下来时，便跑上前去，以快乐的几乎是热情的声音喊道：

“早晨好，亚历克山得拉·巴夫洛夫娜，早晨好！”

“啊！康斯坦丁·狄渥密地奇！早晨好！”她回答。“你从达尔雅·密哈伊洛夫娜那儿来的不是？”

“一点也不错，一点也不错，”少年带着光彩焕发的脸回答，“从达尔雅·密哈伊洛夫娜那儿来。达尔雅·密哈伊洛夫娜叫我来找你，我倒高兴跑路来……是这样美丽的一个早晨，并且只有三哩路，我到的时候，你不在家。你的兄弟告诉我说你到色蒙诺夫卡去了，他也正要去田里，所以你看我和他一起来迎接你了。是哟！是哟！多愉快！”

年青的伙子俄国话说得很正确很合文理，但是带点客腔，虽则难于辨别是哪一个地方的腔。在他的容貌里有几分亚细亚大陆的风度，长的钩形鼻子，大而缺乏表情的突出的眼，厚的红嘴唇，和低洼的额，以及碧玉般乌黑的头发——这一切都暗示着东方产；但是这年青的伙子自称姓柏达列夫斯基，说奥台萨是他的诞生地，虽则他是在白俄罗斯的某一个地方，一位慈善而有钱的寡妇把他养育大的。

另外一个寡妇替他在政府机关中找得了一个位置。中年的太太们一般都乐于帮助康斯坦丁·狄渥密地奇的；他知道怎样去逢迎她们，博取她们的欢心。目下他是和一位有钱的太太，一个地主，名叫达尔雅·密哈伊洛夫娜·拉苏斯基的住在一起，他的地位是介乎宾客和义子之间。他很有礼貌，殷勤，十分懂事，暗地里示着几分色情。他有可爱的喉咙，钢琴弹得不坏，他有专注地凝视着和他谈话的对方的眼睛的习惯。他打扮得很整洁，衣服穿得很久不用换，很细心地修刮他广阔的下颏，一鬈一鬈地梳剔着头发。

亚历克山得拉·巴夫洛夫娜听完了他的话，翻转头来对她的兄弟说。

“今天我老是碰到熟人，刚才我和列兹尧夫谈了来。”

“哦！列兹尧夫，他赶着车子到什么地方去么？”

“是的，你试闭眼想一想；他坐在跑车里，装扮得像只麻袋，满身都是灰尘……他是多么古怪的家伙！”

“也许是的，但他是一等好人。”

“谁，列兹尧夫君么？”柏达列夫斯基问，好像出惊似的。

“是的，密哈罗·密哈伊里奇·列兹尧夫，”服玲萨夫回答。“好，再会；这是我到田里去的时候了，他们正在替你播种荞麦。柏达列夫斯基先生可以伴送你回家。”服玲萨夫疾驰而去了。

“莫大的欣幸！”康斯坦丁·狄渥密地奇高声说，将手臂递给亚历克山得拉·巴夫洛夫娜。

她挽住了他的手，两人折向回家的路上走去。

和亚历克山得拉·巴夫洛夫娜挽手同行，似乎予康斯坦丁·狄渥密地奇以很大的快乐；他脚步细密地走着，含着微笑，连他的东方味的眼睛也笼上了一层薄薄的湿云了，虽则真的这并不是稀罕；在康斯坦丁·狄渥密地奇，感动了，溶化在眼泪里了，算不了一回事。手里挽了一位美丽的、年青的、彬雅的女人，谁会不露得意之色呢？说到亚历克山得拉·巴夫洛夫娜，在她的整个教区里都齐口同心说她是可爱的，这区里的人没有错。她的端正的梁骨微微拱起的鼻子便尽足令所有的男子神魂颠倒，不消说起她的碧绒般的黑眼珠，金黄的头发，圆胖胖的双颊上的笑涡，和其他的诸般的美丽。但是最可贵的远是她的甜蜜的颜面的表情，推心置腹的，善良而温蔼。同时使你感动，使你着迷。亚历克山得拉·巴夫洛夫娜有着孩子般的眼波和笑；别的太太们觉得她有点过于单纯……难道还有什么可以加添的么？

“达尔雅·密哈伊洛夫娜叫你来找我的，你说？”她问柏达列夫斯基。

“是；她叫我来的，”他回答，将“是”字的声音说得和英语 th 的咝声一样。“她特别盼望着，告诉我务必请你赏光今天和她一起用晚饭。她等候着一位新来的宾客，特别是要介绍给你。”

“这位宾客是谁？”

“某某缪法先生，一位男爵，一位彼得堡宫廷的侍臣，达尔雅·密哈伊洛夫娜最近在迦林亲王那儿认识的，她极口称赞他是一位够味的有教养的青年。男爵阁下对于文艺，也感到兴趣，更严格地说——呵！多美丽的蝴蝶！你瞧！——更严格地说，对于政治经济学也感到兴趣的。他写了一篇关于一些饶有趣味的问题的论文，要请达尔雅·密哈伊洛夫娜批评指正。”

“关于政治经济的论文？”

“从文体的观点，亚历克山得拉·巴夫洛夫娜，从文体的观点。你知道得很清楚，我想，达尔雅·密哈伊洛夫娜是这方面的权威。楚珂夫斯基[1]时常要征求她的意见的，还有我的恩公，住在奥台萨的那位仁厚的老人，洛克舍伦·美地亚罗维奇·克桑得里卡——无疑地你知道这名人的姓字罢？”

“不，我从来不曾听见说起他。”

“你从来不曾听到说起这样的人物？奇怪咧！刚才我想说洛克舍伦·美地亚罗维奇是非常佩服达尔雅·密哈伊洛夫娜的关于俄罗斯语的智识的。”

“这位男爵是炫学之流么？那么？”亚历克山得拉·巴夫洛夫娜问。

“一点也不。达尔雅·密哈伊洛夫娜说，反之，你立刻便可以看得出来他是属于社会最高层的人物。他谈到贝多汶，齿锋的伶俐，令老亲王都显得十分高兴了。这一点我认为，我是欢喜听到的；你知道这是我的本行了。让我献给你这朵可爱的花。”

亚历克山得拉·巴夫洛夫娜拿了这朵花，当她再走了几步远的时候便让它掉在路上了。他们离家约摸还有二百步。屋子是新筑的，新刷上白粉，在老菩提树和槭树的浓密的叶荫里，露出迎人的敞开着的窗户的屋的一角。

“那么你将给我以何种回讯来传达给达尔雅·密哈伊洛夫娜呢？”柏达列夫斯基说，对于他送给她的那朵花的命运，心里微微感到刺伤。“你来赴晚宴么？她也邀请你的兄弟一同去。”

---

① 楚珂夫斯基（Jasilli Zhukovsky，1783—1852）普希金以前俄国大诗人。文词佳美，冠绝一时。——译者注。

"是的；我们来，准定来。娜泰夏好么？"

"娜泰雅·亚历舍耶夫娜很好，我很高兴地说。但是我们已经走过到达尔雅·密哈伊格夫娜家去的分岔路了。让我给你说声再会。"

亚历克山得拉·巴夫洛夫娜站住了。"你不想进我的家里坐坐么？"她以犹疑说不出口的声音说。

"我当然高兴，真的，但是恐怕时间不早了。达尔雅·密哈伊洛夫娜想听一支泰堡"[①]的新的习曲，我须得练习，准备好。还有一点，我说一句老实话，我怀疑我的访问能否使你高兴。"

"哦！不高兴！为什么？"

柏达列夫斯基微嘘一声，似含深意地低垂了眼睛。

"再会，亚历克山得拉·巴夫洛夫娜！"稍停了一会，他说；于是一鞠躬，翻身走了。

亚历克山得拉·巴夫洛夫娜回转身，走回家去。

康斯坦丁·狄渥密地奇也走回家去。一切的温柔从他的脸上消失了；一种自信的，几乎是冷酷的表情浮上他的脸。连他走路的步法也改变了，他跨得更阔，踏得更重。他走了两哩多远，毫不介意地挥舞着手杖，突然间他又笑了：他在路旁望见一个年轻的颇有姿色的农女，从燕麦田里赶出几条小犊去。康斯坦丁·狄渥密地奇像猫一般地轻轻袭到农女的旁边，开始和她说话。起先她没有说什么，只是脸红了一阵，笑了一阵，但是到后来她用衣袖遮住脸背转身去，喃喃地说：

"走开，先生；我说……"

康斯坦丁·狄渥密地奇摇摇手指吓她，叫她替他采几朵矢

---

① 泰堡（Thalberg，1812—1871）德国音乐家，以弹Tremolo（颤音）出名。——译者注。

车菊来。

“你要矢车菊有什么用？拿去做花环么？”少女回答；“嗳，你走罢。”

“听着，我的好宝贝，”康斯坦丁·狄渥密地奇开始说。

“喂，你走罢，”女孩子打断了他的话，“那边有两位小先生走来了。”

康斯坦丁·狄渥密地奇回头一看。真的，是达尔雅·密哈伊洛夫娜的两个儿子，樊耶和贝耶，沿着这条路跑来；在他们的后面走着他们的教师巴西斯它夫，是二十二岁的青年，刚从大学里出来的。巴西斯它夫是很有教养的青年，单纯的脸，大鼻子，厚嘴唇，细小的猪眼睛，朴素而不扬，但是温和，善良，正直。他衣服穿得不整洁，头发很长——不是故意学时髦，只是为了懒；他欢喜吃，欢喜睡，也欢喜好的书本和恳切的谈话，他是切骨地恨着柏达列夫斯基的。

达尔雅·密哈伊洛夫娜的孩子们崇拜巴西斯它夫，但是一点也不怕他；他对这家庭中其余各分子，都亲热得好像自家人，这事使女主人不十分欢喜，虽则她老爱宣言说她没有旧社会诸般的成见的。

“早晨好，亲爱的孩子们，”康斯坦丁·狄渥密地奇开口说，“今天你们散步得多么早！但是我，”他朝着巴西斯它夫，添上一句。“出外边来很有些时光了；这是我的爱好——欣赏自然。”

“我们望见你是怎样在欣赏自然的，”巴西斯它夫喃喃道。

“你是一个俗汉，天知道你在想些什么东西！我知道你的。”每当柏达列夫斯基和巴西斯它夫或类似巴西斯它夫的人们说话的时候，总带点微愠，将“是”的声音发得很清晰，甚至有点呲呲声。

“喂，你是向这女孩子问路的罢。我想？”巴西斯它夫说，眼睛一左一右地溜来溜去。

他觉得柏达列夫斯在直盯着他的脸，这种看法他是极端不高兴的。

“我说，你是一个不折不扣的俗汉，你当然欢喜凡事只从庸俗的方面去观察的。”

“孩子们！”巴西斯它夫突然喊道，“你们看到那只角上的一棵杨柳没有？让我们看谁先跑到那里。一！二！三！跑！”

孩子们以全速力向柳树跑去。巴西斯它夫跟在他们的后面。

“乡下人！”柏达列夫斯基想。“他把孩子们宠坏了。一个十足的田庄汉！”

康斯坦丁·狄渥密地奇很满意地望一望自己的整洁的漂亮的身段，他用手掌在外衣袖子上面拂了两次，整一整硬领，走了。当他回到自己的房里的时候，他披上一件旧的寝衣，带着焦灼不安的脸坐在钢琴的前面。

二

达尔雅·密哈伊洛夫娜的屋子几乎是被视做全省之冠的。这是高大的石筑的巨厦，依照拉斯特雷里的设计，带着旧世纪的风味，筑在一个小山的高顶，一个扼要的位置上，山麓流着中俄罗斯一道主干河流。达尔雅·密哈伊洛夫娜本人是富裕的有名望的贵妇人，皇室枢密顾问官的寡妇。柏达列夫斯基说她认识全欧罗巴，全欧罗巴也都认识她！话虽如此，欧罗巴是很少有人认识她的；就是在彼得堡她也不成为重要的脚色；只是在另一方面，在莫斯科，人们都认识她，来拜访她，她是属于社会的最高层，被称做相当有点乖僻的女人，脾气不很好，但是异常精明能干。在她年轻的时候是很美的。诗人们献诗给她，青年们都爱上她，高贵的男子们都愿意做她的臣仆。但是过了廿五年、三十年，往昔的姿颜丝毫不留了。现在倘使有什么人初次见她，便不禁要自己问自己，难道这女人——皮包骨头，尖鼻子，黄蜡面，虽则年纪不算顶老——曾经是美丽的么？难道她真的是那曾与诗人以灵感的那个女人么？……而他便会暗暗惊于浊世花花草草的无常了。据柏达列夫斯基的发现，说达尔雅·密哈伊洛夫娜还不可思议地保留着一双非凡的眼；这是真的；但是我们都知道柏达列夫斯基还是坚持着全欧罗巴人都认识她的哩！

达尔雅·密哈伊洛夫娜每年夏天都带着她的孩子（她有三个孩子；十七岁的女儿娜泰雅，还有两个九岁和十岁的男孩）到乡间来。她的乡间住宅是开放着的，这就是说她招待男子们，特别是未结婚的男子们；至于粗俗的乡村姑娘是忍受不了不招待的。但是还施其身的她从那些村姑们那里所得到的待遇是什么呢？据她们说，达尔雅·密哈伊洛夫娜是傲慢的、品行不端的、难堪的暴君，尤其是——她在说话中自由肆谩，这是极可厌的！达尔雅·密哈伊洛夫娜当然在乡间并不留心礼节，在她的没有拘检的态度的傲慢中，可以觉得是有几分像都市的母狮莅临她四周的属僚和暗愚的群属似的那种轻蔑的神情。就是在她自己的集群中间，她也有一点不经意带讥讽的样子，只是没有轻蔑的形迹。

顺便说一句，读者，你曾否留心到一个对于下属非常随随便便的人而对于上级的人却永不会随随便便的么？这是什么缘故？但是这种问题也推不出什么结论。

当康斯坦丁·狄渥密地奇于把泰堡的习曲在心头记熟了之后，从他的明净的愉快的室中走到客厅里来，他看见全家人都聚集在那里了。茶话已经开始。女主人欹在一张宽阔的榻上，两脚缩着，手里拿了一本新出版的法兰西小册子；靠窗，在刺绣绷架的后面，一边坐着达尔雅·密哈伊洛夫娜的女儿，一边坐着女教师彭果小姐—— 一位干瘦的六十多岁的老处女，花花绿绿的帽子底下戴着黑发的假额，耳朵里堵着棉花；靠近门的一角挤缩着巴西斯它夫，在读报纸，贝耶和樊耶在他的身边玩将棋，还有，靠身在壁炉旁边，两手反握在背后，是一位身材低矮的男子，黝黑的面脸簇着灰白的头发，炯炯的黑眼睛——

这就是阿菲利加·塞美尼奇·毕加梭夫。

这位毕加梭夫是一位古怪的人物，对于任何事任何人——特别是女人——都十分刻薄，他自晨至暮都恶声不绝，有时骂得很得当，有时是相当傻气的，但总是很有趣。他的坏脾气是几近于稚气了；他的笑，他的说话的声音，他的全部，都好像在毒液里浸过似的。达尔雅·密哈伊洛夫娜亲切地接待他，他的笑料使她快乐。这些笑料自然是再荒谬不过的。他老是欢喜夸张。譬如，假如有人告诉他有什么不幸的事情发生了，或是一个村庄被雷打了，或是一座水碓被大水漂去了，或是一个农夫被斧头劈伤了手指，他便一定要问，带着浓厚的苦涩相说，"她叫什么名字？"这就是说惹起这场灾祸的女人叫什么名字，因为根据他的信条，一切的不幸都是女人的缘故，只要你对这桩事追究到底。他曾有一次跪倒在一个贵妇人的面前，这贵妇人原不过只请他吃一顿小点心，和他并不怎样熟识，而他眼泪汪汪的，脸上露愠怒之色，说是求她发放发放罢，说是他也没有什么得罪她的地方，说是将来将永远不再见她。又有一次一匹马把达尔雅·密哈伊洛夫娜的一个女佣人踢到小沟里去，几乎把她杀死。从那时候起，毕加梭夫一提到那匹马，就连说"好马，好马。"他甚至于把那座小山和这条沟当做特别好景致的地点。毕加梭夫一生蹇淹，所以陷于这怪癖的疯狂了。他生于穷困的家庭。他的父亲曾经当了好几个小差使，简直不会写读，也不愿把儿子教育的问题来麻烦自己；他给他吃，给他穿，便完了。他的母亲是宠他的，但是很早便死了。毕加梭夫自己教育自己，先进区立学校，继进中学，他自己读法文、德文，以至拉丁文，他得了最优等的证书离开中学，跑到道尔伯大学去，在那里，他不断地和贫苦搏斗，但终于给他读完三年的课程。毕加梭夫的才能是不会超过中庸的水平线的，他的优点便是坚忍和耐劳，但是他心中最强有力的感情便是“野心”，不管他的财产不及别人，总想要跻进高等社会里，不肯次人一等。他进了道尔伯大学，努力用功读书，都是为了这野心。贫困激怒了他，使他变成敏于观察而狡猾。他的言语表达都是独创一格；自从他的幼年他便采用了一种刺耳的具挑拨性的一种特别的口才。他的思想也不会超过普通水准，但是他说话的方法使他看来好像不仅是聪明，并且是十分聪明伶俐的人。得了候补的学士位之后，毕加梭夫决心致全力于教学的职业；他知道在别的事业中他是不能和他的同伴们比肩的。他试想从高级人士中选出他的同伴，也知道怎样去讨他们的欢喜，甚至不惜曲意阿谀，虽则老是在辱骂他们。但是要教书他还没有——说得明白点——充分的教材。并不爱读书而读书，毕加梭夫所知道的烂熟的东西很少。他很可怜的在公开的辩论中被打倒了，同时另外一位和他同寝室的同学，常常成为他取笑的题材的，一位才能很有限，但是受过根柢很好的教育的，完全得到成功了。这回的失败使毕加梭夫发火，把所有书籍和抄本都投在火里，到一个政府机关里做事。开头他做得并不坏，他是一个好职员，不很活动，却绝对有自信而勇敢；但是他想钻得更快一点，他失足了，糟了，不得不辞职。他在自己购置的田产中度了三年，突然和一个受过半三不四的教育的有钱的女子结了婚，这女子便是被他那种无礼貌的连讽带刺的态度吊来的。但是毕加梭夫的性质竟成为如此暴戾易怒，家庭生活于他是不堪其疲倦。他的夫人和他一起同居了几年之后，秘密地跑到莫斯科，将地产卖给一位企业家了；毕加梭夫还在那块地皮上刚修好了一座房子。受了这最后的打击，毕加梭夫开始和他的夫人涉讼，什么也没有得到。

自此以后他便孤独地住着，他跑去找曾经在背后或当面受过他的辱骂的邻居，因为他也没有什么可怕，他们便都忍住了笑欢迎他。他手里从不拿起书本。他有百来个农奴，他的农奴的境况都还好。

“啊，康斯坦丁！”当柏达列夫斯基走进客厅里来的时候，达尔雅·密哈伊洛夫娜说，“亚历克山得玲纳[1]来么？”

“亚历克山得拉·巴夫洛夫娜托我谢谢你，他们非常高兴。”康斯坦丁·狄渥密地奇回答，很和蔼地向四面各方行礼，将指甲修剪成三角形的肥白的手指掠过光洁无疵的头发。

“服玲萨夫也来么？”

“来的。”

“这样，照你的说法，阿菲利加·塞美尼奇，”达尔雅·密哈伊洛夫娜转身向毕加梭夫继续说，“所有的年青女人都是装腔的么？”

毕加梭夫嘴巴一歪，兴奋地搔一搔臂肘。

“我说，”他用慢吞吞的声音说——在他动怒的最激烈的情绪中总是慢慢地明确地说，“我说年青的女人们，一般——至于在座各位，当然，我不说什么。”

“这可并不妨碍你对她们作何想法。”达尔雅·密哈伊洛夫娜插进一句。

“我不是说她们，”毕加梭夫重复道。“所有的年青的妇女们，一般都装腔到极点——在她们的感情的表现上也要装腔。假如一位少妇被惊吓了，比方说，或是什么东西使她高兴，或是失望了，她第一步一定要先摆出一个漂亮的姿态（毕加梭夫

① 亚历克山得玲纳，即亚历克山得拉的爱称。——译者注。

张开两手把身子摆成一个不适当的姿势)。然后她喊了出来——啊呀！或者是笑，或者是哭。虽则我也曾有一次（说到这里，毕加梭夫露出得意的笑），居然给我从一位最会装腔作势的少妇身上诱出一个天真的未加掩饰的表情来！”

“你怎样得到的！”

毕加梭夫眼睛发光了。

“我从背后用一根白杨木棒在她的腰边戳了一下，她喊起来了，于是我对她说，‘好哪！好哪！这是自然的声音，这是天真的喊叫！将来要常常如此！’”

客厅里的人们都笑了。

“你说什么废话，阿菲利加·塞美尼奇，”达尔雅·密哈伊洛夫娜喊道。“难道我能够相信你敢用木棒在女孩子的腰边戳一下么？”

“是的，真的，用一根木棒，一根很粗的木棒，像守卫堡垒用的那种粗木棍。”

“Mais c'est un horreur ce que vous dites là, Monsieur,”(“你所说的真可怕，先生，”)彭果小姐喊道。怒目睨视着笑得不歇气的孩子们。

“哦，你不要相信他。”达尔雅·密哈伊洛夫娜说，“你难道不认识他么？”

但是惹怒了的法兰西太太很久不能平息下来，尽管自己对自己喃喃着。

“你无须相信我，”毕加梭夫冷冷地说，“但是我可以向你担保我所说的是单纯的真实。除了我还有谁知道？就此你也许不肯相信我们的邻居，爱伦娜·安东诺夫娜·柴沛兹太太，她亲口告诉我——请注意，‘亲口’——说她谋害了她的外甥。”

“捏造啊！”

“等一等，等一等！听着，由你们自己去评判。请想一想，我并不想诽谤她，甚至于我也正如一般人爱女人似的爱她。在她的屋子里除了一本日历之外没有别的书，除了高声朗读以外不会看，而这种读书的劳作会使她陷于极度的疲劳，说是眼睛像要爆出额角外面来似的在叫苦……要而言之，她是一个顶等的女人，她的使女们都长得肥了。我为什么要诽谤她？”

“你们看，”达尔雅·密哈伊洛夫娜道，“阿非利加·塞美尼奇骑上他的癖爱的马了，今晚他不下来。”

“我的癖爱！但是女人们至少有三种！除非在晚上睡觉的时候，死也撇不开。”

“哪三种癖好？”

“好责难，好诽谤，好反驳。”

“你知道，阿非利加·塞美尼奇，”达尔雅·密哈伊洛夫娜说，“你不能无缘无因地对女人如此刻薄。一定有什么女人或别的……”

“害了我么，你的意思是？”毕加梭夫打断了她的话。

达尔雅·密哈伊洛夫娜有点为难了；她记起毕加梭夫不幸的结婚，只是点一点头。

“确曾有一位女人害了我，”毕加梭夫说，“虽则她是好的，很好的人。”

“是谁？”

“我的母亲。”毕加梭夫说，放低了声音。

“你的母亲？她害了你什么？”

“她把我生到这人世间来了。”

达尔雅·密哈伊洛夫娜皱一皱眉头。

"我们的谈话，"她说，"好像转向阴暗的方面去了。康斯坦丁，替我们弹一支泰堡的新习曲。我敢说音乐能够安慰阿菲利加·塞美尼奇的。奥菲斯[1]驯服了野兽。"

康斯坦丁·狄渥密地奇在钢琴前面就坐，曲子奏得相当好。娜泰雅·亚历舍耶夫娜起先很注意地听着，就后又低头到绣花工作上面去。

"Merci，c'est c'harmant，"（"谢谢，这是佳妙的，"）达尔雅·密哈伊洛夫娜说，"我爱泰堡。Il est sid istingu é .（它是这般出色的。）你作何感想，阿菲利加·塞美尼奇？"

"我想，"阿菲利加·塞美尼奇慢慢地说，"世上有三种自我主义者，自己生活着同时也让别人生活着的自我主义者，自己生活着而不让别人生活的自我主义者，和自己不生活着又不肯让别人生活的自我主义者。女人，大部分，是属于第三种。"

"说得多文雅！只有一桩事情使我惊异的，阿菲利加·塞美尼奇，就是你对于自己的信条的信仰；当然你是永不会错误的罢。"

"谁这样说？我也有错误；一个男子，也，也有错误的。但是你知道男子的错误和女子的错误的区别么？你知道么？这就是：一个男子会说，打个譬喻，两个的两个不是四个，而是五个，或者是三个半。但是一个女人会说两个的两个等于一支蜡烛。"

"我好像听到过你从前曾经说过这番话。但是请你允许我问一声，你所说的三种自我主义者的想头和刚才你听的音乐有

① 奥菲斯 (Orpheus)，希腊神话中色拉斯 (Thrace) 王与女神卡丽奥比 (Muse Calliope) 之子。爱普罗授之以琴，众女神教之，遂成七弦琴圣手。奏时，岩石，草木，野兽，莫不感动。——译者注。

什么连带关系？”

“一点也没有，我并没有听音乐。”

“罢了，‘我看你是无可救药。病根也便在这里。’”达尔雅·密哈伊洛夫娜回答说，引用了格里卜耶陀夫[①]的诗句，稍微改窜了一下。“你喜欢什么呢？既然你无心于音乐。文艺么？”

“我欢喜文艺，只是不喜欢当代的文艺。”

“为什么？”

“我可以告诉你为什么。最近我和一位大人先生同乘摆渡船过鄂迦河，渡船靠峻壁停泊；这位先生有一辆笨重的四轮车，他们必得要用手把马车拉上岸去。当船夫使尽力气把这辆马车拖到岸上去时，这位先生站在渡船里，在那边哼叹，叫别人听了替他可怜！……对啦，我想，这便是分工制度的一张活现的画图！正像我们的现代文艺，别人在做工而他在哼叹。”

达尔雅·密哈伊洛夫娜笑了。

“而这便称做表达现代的生活，”毕加梭夫滔滔不断地继续往下说，“予社会的种种问题以深切的同情等等……哦，我是如何痛恨这些天大的话！”

“可是，你所攻击的女人们——她们至少是没有使用这些大话。”

毕加梭夫耸一耸肩。

“她们不用这些大话，因为她们不知道。”

达尔雅·密哈伊洛夫娜脸微微一红。

① 格里卜耶陀夫(Griboyedov，1795—1829)俄国戏剧作家，他的唯一剧本《聪明误》(Góre ot Uma，)奠定了他在旧俄的剧坛的地位，正如普希金之于俄国诗坛，他成了不朽的一人。——译者注。

“你愈说愈固执起来了，阿菲利加·塞美尼奇！”她说，带着勉强的笑。

室内一片静寂。

“梭罗它诺夏在什么地方？”一个男孩子突然问起巴西斯它夫来。

“在波泰瓦省，亲爱的孩子，”毕加梭夫回答，“在小俄罗斯中部。”（他很高兴有个机会把话锋转过来。）“我们刚才谈到文艺，”他继续说，“假如有钱给我花，我立刻便会成一位小俄罗斯诗人。”

“啊呀呀！你会做一个了不起的诗人哩！”达尔雅·密哈伊洛夫娜反讥似地说。“你懂得小俄罗斯的话么？”

“一点不懂；但这并不需要。”

“不需要？”

“哦，不，不需要。你只要拿过一张纸，在顶端上写了‘短歌’两字，于是便像这样地开始，‘哎嗬，嗳啦，我的运命啊！’或者是‘哥萨克奈里梵诃坐在小山上，坐在大山上，绿树的荫下鸟儿在唱，嘎喇兮，伐啰啪兮，咯咯！’或者类似这样的东西。便完成了。付印，出版，小俄罗斯人读了它，低下头来埋在掌里，的确地眼泪便汩汩地涌出来，原是善感的灵魂啊！”

“天哪！”巴西斯它夫喊道。“你在说些什么？这是太荒唐得怎也说不过去。我曾经在小俄罗斯住过……我爱它，知道它的语言……‘嘎喇兮，嘎喇兮，伐啰啪兮’是绝对地毫无意义。”

“也许是的，但是小俄罗斯人也一样的会流泪，你说到‘语言’……有一种小俄罗斯语言么？据你的意见，这是一种‘语言’？一种独立的语言？要我同意这句话，就是顶好的朋友，我也要把他放在石臼里捣个稀烂。”

巴西斯它夫正想反驳。

“由他去罢，”达尔雅·密哈伊洛夫娜说。“你知道从他那里除了矛盾的话之外是听不到什么的。”

毕加梭夫解嘲似地笑着。一个仆人走进来通知说亚历克山得拉·巴夫洛夫娜和她的兄弟来了。

达尔雅·密哈伊洛夫娜站起身来迎接她的客人。

“你好，亚历克山得玲纳？”她说，跑上前去，“你是多么好意，光临敝处！……你好么？塞尔该·巴夫里奇？”

服玲萨夫和达尔雅·密哈伊洛夫娜握手，跑到娜泰雅·亚历舍耶夫娜身边。

“但是那位男爵怎样了啦，你的新相知，他今天要来么？”毕加梭夫问。

“是的，他就要来的。”

“他是一位大哲学家，他们说；他满肚子都是黑格尔哲学，我想？”

达尔雅·密哈伊洛夫娜没有回答，请亚历克山得拉·巴夫洛夫娜坐在沙发上，自己也坐在她的旁边。

“哲学，”毕加梭夫继续说，“崇高的观点！这又是我所极憎恶的；这些崇高的观点。从高高的上面你能够看得见什么呢？真的，假如你要买一匹马，你用不到爬到塔尖上去看啊！”

“这位男爵要拿一篇论文来给你么？”亚历克山得拉·巴夫洛夫娜问。”

“是的，一篇论文，”达尔雅·密哈伊洛夫娜回答，态度非常冷淡；“《论俄国之商业与工业之关系》……但是不要着慌；我们不在此地宣读它……我请你来并不是为了这个。Le baron est aussi aimable que savant（男爵是和蔼可亲的而又博学。）他的俄国话说得很漂亮！C'est un vrai torrent... il vous entraine（真是口若悬河，会把你漂没冲走的。）”

“他俄国话说得很漂亮，”毕加梭夫咕哝道，“值得用法国话去称赞他。”

“你要咕哝便尽自去咕哝好了，阿菲利加·塞美尼奇……恰配你的一头乱发……我奇怪，为什么他不来。你们知道什么把他……Messieurs et mesdames（先生们，太太们，）”达尔雅·密哈伊洛夫娜看一下四周，又说，“我们到花园里去。离吃饭时间差不多还有一个钟头，天气又晴朗。”

大家站起身来，到花园里去。

达尔雅·密哈伊洛夫娜的花园一直伸展到河边。古老的菩提树一行行地排列着，园中充满了阳光、阴影和香气，在小径的尽端，可以望见翠绿的一片，还有许多刺毬花和紫丁香花的园亭。

服玲萨夫伴着娜泰雅和彭果小姐向树荫浓密的地方走去。他默默地在娜泰雅旁边走着，彭果小姐稍为离开一点地跟在后面。

“你今天做点什么事？”终于服玲萨夫开口问了，用手摸一摸他的好看的棕黑色的短髭。

在容貌上他异常像他的姐姐，但是在他的表情中比较缺少生命和活力，他的柔媚美丽的眼睛带着几分忧郁。

“哦，没做什么，”娜泰雅回答。“我听了毕加梭夫的讥刺，在花绷上面绣了几朵花，我读了一点书。”

“你读点什么书？”

“哦，我读了——十字军战史，”娜泰雅说，带着犹疑的样子。

服玲萨夫望着她。

“啊！”他终于吐出一句来，“这一定很有趣的。”

他折得一根树枝，在空中挥舞着。他们又走了二十多步。

“你的母亲认识的那位男爵是谁？”服玲萨夫又重新开口。

“一位宫廷的侍臣，一位新客；妈妈极口地褒崇他。”

“你的母亲是很容易把别人想做好得不得了的。”

“这就是表示她的心还年青，”娜泰雅说。

“是的。不久我可以把那匹牝马送来给你了。它现在差不多训练驯熟了。我还要教它奔驰，不要多久便可以教好的。”

“Mercil（“谢谢！”）……但是我很不好意思，你亲自训练它……他们说这是很辛苦的！”

“只要你欢喜，你知道，娜泰雅·亚历舍耶夫娜，我准备着……我……这点小事算得什么？——”

服玲萨夫渐渐慌张无措了。

带着友谊的鼓励，娜泰雅望着他，重说一遍，“Merci!”

“你知道，”停了好久，塞尔该·巴夫里奇继续道，“这算不得什么……但是我为什么说这话？一切你都明白的，当然。”

在这时候屋内的铃声响了。

“啊！La cloche du diner!（晚饭钟！）”彭果小姐喊道，“rentrons!”（“我们回去罢！”）

“Quel dommage（多可惜），”当她跟在服玲萨夫和娜泰的后面。走上庑廊的沿阶时，老法兰西小姐这样想，“Quel dommaśe que ce charmant garçon ait si peu de ressources dans la conversation，（这位漂亮的小伙子讲话这般拙讷，多可惜）。”这句话可以翻译过来说，“你是一个好家伙，我的好孩子，但是相当有点傻。”

男爵没有来吃晚饭。他们又为他等了半点钟。餐桌上谈话是松懈了。塞尔该·巴夫里奇坐在娜泰雅旁边，只是瞧着她，很殷勤地替她在杯子里加水。柏达列夫斯基徒然想讨他的邻座亚历克山得拉·巴夫洛夫娜的欢喜；连珠串地说了许多蜜甜的话，但是她熬不住要打呵欠了。

巴西斯它夫把面包搓成小球，什么也没有想；就是毕加梭夫也沉默着。达尔雅·密哈伊洛夫娜提醒他说他今天不大有礼貌，他莽撞地回答，“什么时候我曾有礼貌的呢？这不是我的本色；”脸上浮起一阵苦笑，又说，“稍微忍耐一下；我不过是麦酒（kvas）你知道，普普通通的（du simple）俄罗斯麦酒；但是你的宫廷贵人——”

“妙极！”达尔雅·密哈伊洛夫娜喊道，“毕加梭夫是嫉妒的，他已经在吃醋了。”

但是毕加梭夫并不给她回答，只斜瞥了一眼。

七点钟响过了，他们又聚焦到会客室里面。

“他不来了，很明显的。”达尔雅·密哈伊洛夫娜说。

但是，听，一阵车轮的辚声听见了，一辆车跑进院子里来，不一会，一个仆人跑进客厅，银碟子上面托着一张字条，递给达尔雅·密哈伊洛夫娜。她在字条上瞥了一眼，回头问仆人说：

“送这信来的那位先生在哪儿呢？”

“他坐在车里，要请他上来么？”

“请上来。”

仆人出去了。

“试想，多讨厌！”达尔雅·密哈伊洛夫娜继续说，“男爵接到了一个召命，要立刻回彼得堡去。他把他的论文叫一位他的朋友罗亭先生送来——男爵非常褒赞他，要把他介绍给我。但是这多讨厌！我原希望男爵在此间住一些时光的。”

“德密特里·尼哥拉伊奇·罗亭。”仆人通报道。

三

一位年约三十五岁的男子进来，身材很高，微微有点佝偻，卷曲的头发，黝黑的皮色，一张不匀称但是有表情的聪颖的脸，水汪汪发亮的活泼的深蓝的眼睛，笔直的广阔的鼻和弧形完整的嘴唇。他的衣服不新，有几分过窄，好像是因为身体长大了，所以不合身。

他迅速地走到达尔雅·密哈伊洛夫娜的前面。略略一鞠躬，告诉她说是他很久便渴慕着得能介绍到她跟前来的荣幸，说是他的朋友男爵不能亲自到她这里来辞行，深引为憾。

罗亭的尖细的声音和他高大的身材以及广阔的胸部似乎不大调和。

“请坐……我很高兴，”达尔雅·密哈伊洛夫娜喃喃地说，在将他介绍给其余的在座的人之后，她问他是否本地人还是作客。

“我的田庄在T省。”罗亭回答，把帽子放在膝上。“我在此地住得不久。我是为了一点事务来的，在你们贵区暂住几天。”

“和什么人一起？”

“和那位医生。他是我大学里的老同窗。”

“哦，那位医生。他是很有名的。他的手术很好，人们说。你认识那位男爵很久了么？”

“我是去年冬天在莫斯科和他碰见的，最近我和他同住过一个礼拜。”

“他是很聪明能干的人，这男爵。”

“是的。”

达尔雅·密哈伊洛夫娜嗅一嗅蘸着 eau de cologne（香水）的褶皱了的小手巾。

“你是在政府机关里服务吗？”她问。

“谁？我么？”

“是。”

“不。我退职了。”

接着是短时间的静默，大家便重又接谈起来。

“假如你不嫌我多嘴，允许我琐屑地问，”毕加梭夫朝着罗亭开始说，“你知道男爵阁下送来的那篇论文的内容么？”

“是的，我知道。”

“这篇论文述及商业的关系……不，我国之商业与工业之关系……这就是你所说的，我想，达尔雅·密哈伊洛夫娜？”

“是的，述及……”达尔雅·密哈伊洛夫娜说，将手按在额上。

“我，当然，对于这问题是劣等的评判者，”毕加梭夫继续说，“但是我须得承认在我看来甚至于这篇论文的题目都好像非凡（我怎样说得文雅一点呢？），非凡涩晦而错综复杂。”

“为什么对你觉得这样？”

毕加梭夫笑了一笑，瞟一眼达尔雅·密哈伊洛夫娜。

“对于你很清楚么？”他说，将狡猾的脸转向着罗亭。

“对于我？是的。”

“吭。无疑地你一定知道得比较详尽。”

“你头痛么？”亚历克山得拉·巴夫洛夫娜问达尔雅·密哈伊洛夫娜。

“不。只是——C'est nerveux（神经不宁）。”

“请容许我问，”毕加梭夫又开始带着鼻音问。“你的朋友缪法男爵阁下，我想这是他的名字罢？”

“一点不错。”

“缪法男爵阁下是否对政治经济有特殊的研究，还是他只在公余和应酬之暇，抽点功夫来研究这饶有兴趣的问题的？”

罗亭目不转睛地直望着毕加梭夫。

“男爵在这方面是一个业余爱好者，”他回答，有点面红，“但是在他的论文里面有很多有趣味的材料和公允的见地。”

“我不能够和你争论；我没有读过这篇论文。但恕我大胆地问——你的朋友缪法男爵的大作无疑地大部分是立论在一般的定理上较之基于事实罢？”

“有事实也有基于事实的定理。”

“是的，是的。我必得告诉你，在我的意见——我当然有权利发表我的意见，只要机会允许；我在道尔伯大学住了三年……这些，所谓一般的定理，假设，这体系——原谅我，我是一个村夫俗汉，我粗鲁地说话毫无掩饰——是绝对毫无价值的。这一切只好讲理论——只好用来骗人。给我们以事实，先生，便尽够了。”

“真的！”罗亭反驳道，“难道不应该找出事实的真义来么？”

“一般的定理，”毕加梭夫继续道，“这些是我最憎恶的东西，这些一般的定理、理论、结论。这些全都是根据在所谓‘信仰’上面的；每一个人都说起他的信仰，把它当做了不起，以有了它自骄。哎！”

毕加梭夫向天摇起拳头。柏达列夫斯基笑了。

“妙极！”罗亭插口道，“那么据你说来是没有什么信仰之类的东西了。”

“不，没有。”

“这就是你的信仰么？”

“是的。”

“那么你怎样可以说是没有这东西呢？这里你第一着便先了有一个。”

室内的人都笑了，彼此你看我，我看你。

“等一等，等一等，但是——”毕加梭夫开始……

但是达尔雅·密哈伊洛夫娜拍着两手喊道，“好极，好极，毕加梭夫打倒了！”她轻轻地从罗亭的手里把帽子拿了过去。

“勿忙开心罢，太太；还有很多的时间！”毕加梭夫带着厌烦的神气说。“说了一句俏皮话，摆出超然的神气，这可不够；还得要证明，辩驳。我们话岔到讨论的问题外去了。”

“对不起，”罗亭冷冷地说，“事情是很简单的。你不相信一般定理的价值——你也不相信‘信仰’么？”

“我不相信，我什么都不相信。”

“很好，你是一个怀疑主义者。”

“我看没有引用这种专门字眼的必要，无论如何——”

“不要停止，往下说！”达尔雅·密哈伊洛夫娜插口道。

“向他反驳哪，老狗！”柏达列夫斯基同时在肚子里说，向大家笑一笑。

"这传达意义的字眼，"罗亭接着说。"你懂得的；为什么不能用？你什么也不相信，为何要相信事实呢？"

"为何，问得好！事实是经验的事物，任何人都知道事实是什么。我凭经验去评判它，凭我自己的感觉去评判它。"

"但是你的感觉便不会骗了你么？你的感觉告诉说太阳是绕着地球转的……也许你不同意于哥白尼克斯[1]罢？你连他都不相信么？"

又是一阵微笑掠过各人的脸，所有的眼睛都凝集在罗亭的身上。"他并不是傻子，"每人都这样想。

"你欢喜开玩笑。"毕加梭夫说。"当然这是很独创的，但这并不是我们所要讨论的一点。"

"直到此刻我所说的，"罗亭回答，"可惜是，很少独创的，一切在很久以前便早知道了的，都是说过一千遍了的。但是问题的关键不在这里。"

"那么是什么？"毕加梭夫问，未免有几分无礼。

在辩论中他时常要先把对手揶揄一番，然后渐渐说不通了，终至于发怒，默不出声。

"这就是，"罗亭继续道，"我不能不，我承认，觉得疚心的歉仄，当我听到明理人也在攻击——"

"这些体系么？"毕加梭夫插进一句。

"是的，随便你说，就是体系罢。在这个字眼里什么东西吓怕了你？每一种体系都是建设在基本定律的智识上的，生命的原则——"

"但是没有人知道这基本定律，也没有人去发现。"

---

① 哥白尼克斯（Copernicus 1473—1543）波兰天文学家，地动学说之始创者。——译者注。

“且住。无疑地要每一个人去懂得这些定律是不易的，错误是人类的天性。可是，你当然也和我同意，比方说，牛顿，至少也发现几条基本定律罢？他是一位天才，我们得承认；但是天才的发明的伟大处就是因为这发明成了大众的遗产。在森罗万象中去发现宇宙的原则的努力是人类思想的特征，我们一切的文化——”

“你想说的便是这句话！”毕加梭夫懒洋洋地插嘴道。“我是一个实际的人，所有这些形而上学的玄虚我不参加讨论，也不想参加讨论。”

“很好！这是随你高兴。但是请你注意，你要成一个真正老牌的实际的人的那种愿望的本身就是你的体系——你的理论。”

“你说到‘文化’么！”毕加梭夫突然说；“这又是你的另一种可赞美的观念！这吹擂得很响的文化，用处是很大的。我可不肯花一个铜子来买你的文化！”

“多么拙劣的强辩啊，阿菲利加·塞美尼奇！”达尔雅·密哈伊洛夫娜说，心里很高兴她的新朋友十分优雅的态度和镇静。“C'est un homme comme il faut”（“这是有身分的人”），她想，怀着善意的窥察，望一望罗亭。“我们要好好儿招待他。”这最后的一句话是用俄文暗暗藏在脑子里面说的。

“我并不拥护文化，”停了一会，罗亭继续说。“它也无须我的拥护。你不欢喜，那也各有各的趣味。而且，我们说得太远了。让我只是向你提起一句古话罢，‘周彼得，你发怒了；所以你错了。’我的意思是说这些对于一般的定理的体系的抨击是非常可悯的，因为随着这些体系，他们把一般的智识，一切的科学和信念都一齐摈弃了，随之也摈弃了他们对自己的自信，对自己的能力的自信，但是这种自信于人是不可少的；人们不能够单靠五官感觉生存；他们惧怕理想，不信理想，他们是错了。怀疑主义常常是无知识和无能力的特征。”

“这都是掉文弄字啊！”毕加梭夫喃喃说。

“也许是的。但是让我指出来给你，当我们说‘这都是掉文弄字啊！’的时候，便是想要避免说一些比文字更实际的东西。”

“什么？”毕加梭夫说，霎一霎眼睛。

“你知道我所说的意思。”罗亭反讥道，带着不由自主的但又立刻抑制住的不耐烦。“我说，假如人没有可以信赖的坚牢的原则，没有可以站得稳定的立脚点，他怎样能够对他的国家的需要、趋势和将来作正确的估计？他怎样能够知道他应该怎样做？假使——”

“由你去说罢。”毕加梭夫突然说了一句，打一个躬，什么人也不看便翻身走了。

罗亭凝望着他，微微一笑，不说什么。

“呵！他逃走了！”达尔雅·密哈伊洛夫娜说。“不要紧，德密特里……对不起。”她加上一句，带着真心的微笑，“你的父名叫什么？”

“尼哥拉伊奇。”

“不要紧，亲爱的德密特里·尼哥拉伊奇，他瞒不过我们的。他只是表示不‘愿’再争论罢了。他体会到他‘不能’和你争辩。但是你最好坐得和我们靠近一点，让我们谈一谈好么？”

罗亭把凳子移近前去。

“怎样直到现在才相识？”达尔雅·密哈伊洛夫娜说。“这真是意料不到的机缘。你读过这本书么？C'est de Tocqueville，vous savez?（这是托克维[1]写的，你知道么？）”

达尔雅·密哈伊洛夫娜将法文的小册子递给罗亭。

罗亭把薄薄的书本接在手中，翻了几页，放在桌子上，回答说他不曾读过托克维先生这部作品，但是他对于他所研究的问题是时常会加以思索的。谈话开始了。罗亭开始好像游移不定，不敢放胆自由地说出来；他的话句不很流畅，但是到后来渐渐热烈起来开始说话了。在一刻钟之后，客厅里只听见他的声音。大家都挤做一圈围绕着他。

只有毕加梭夫远远地撇留在一边，在靠壁炉的一只角上。罗亭口齿伶俐地，热情地，果断地谈着；他夸示出很有学问，书读得很多。谁也不曾料到他是一位了不起的人物。他的衣服如此破旧，名声也没有。这样一位伶俐的人突然会在这乡间出现，人人都觉得惊奇而不可解。他一步强似一步地令人惊奇，简直可以说，他把他们都迷住了，打头从达尔雅·密哈伊洛夫娜数起。她正自诩能够发现他，而这样早日便在梦想着如何将罗亭介绍到社会里去了。虽则这般年纪，在很易接受别人的印象这一点看来，她是很有点孩子气的。亚历克山得拉·巴夫洛夫娜，说老实话，她很少懂得罗亭所说的，但是充满了惊奇和喜悦；她的兄弟也羡慕他。柏达列夫基望着达尔雅·密哈伊洛夫娜，满怀了嫉妒。毕加梭夫在想，“假如我有五百卢布，我买一只夜莺来，唱得比他好听些哩！”但是在这集群中影象最深刻的是巴西斯它夫和娜泰雅。巴西斯它夫连呼吸都屏住；整个时间坐在那里，口张开，睁着圆眼听着——听着，他生平从

① 托克维（Alexis-Charles-Henri de Tocqueville，1805—1859）法国政治家及政论家。——译者注。

不曾这般地听别人讲话——娜泰雅脸上浮散起一阵红晕，她的眼睛，不移动地注视着罗亭，同时有点迷糊而又发光。

“他的眼睛多光彩？”服玲萨夫在她的耳边轻轻地说。

“是的，它们是。”

“只可惜双手太大，而且发红。”

娜泰雅没有回答。

茶端上来。大家随便谈着，但是罗亭一开口，大家便突然不约而同地一声不响，由此也不难推断他给人的印象之深了。达尔雅·密哈伊洛夫娜突然想要挖苦一下毕加梭夫。她跑到他的前面，低声地向他说，“为什么你不说话而只是轻蔑地笑着？”不等到他的回答，便招呼罗亭道。

“他还有一桩事你不知道。”她说，向毕加梭夫做一个手势，“他是痛恨女人者，他时常攻击她们；请你，指示他以正路。”

罗亭不由自主地望一眼毕加梭夫，他比他高过一头一肩。毕加梭夫几乎气得僵了，他的难堪的脸发白。

“达尔雅·密哈伊洛夫娜错了，”他以不坚定的声音说，“我不只攻击女人；对于整个人类我也不大赞美。”

“为什么你这样地蔑视人类呢？”罗亭问。

毕加梭夫直望着他的脸。

“研究自己的心的结果，无疑地，我发现自己的心一天不如一天地更其可鄙。我将自己来推度别人。也许这也是错误的罢，也许我比别人坏得多，但是我有什么办法？这已成了习惯了。”

“我了解你，同情你，”罗亭的回答，“凡是宽大的灵魂谁不曾体验到需要自谦呢？但是人不应该滞留于这种情况里面，这样是打不开出路的。”

“我深深感谢你给我的灵魂以宽厚的证明。”毕加梭夫反驳说。“至于我的情况，并没有什么不对，所以就是有了一条出路，让鬼去走罢，我不想找它！”

“但是这就是说——原谅我这样说法——你宁愿在自己的骄傲里得到喜悦与满足，而不希求真理或是生活在真理里面。”

“无疑的，”毕加梭夫喊道，“骄傲——这我是懂得的，你，我想，也是懂得的，任何人都懂得的；但是真理，真理是什么？在哪里？这真理！”

“你又在说老话了，让我提醒你。”达尔雅·密哈伊洛夫娜说。

毕加梭夫耸一耸肩。

“就算是，说几句老话打什么紧？我问：真理在哪里？就是哲学家也不知道这是什么。康德说是这样的东西；但是黑格尔说——不，你错了，这是另一回事。”

“你知道黑格尔怎样说么？”罗亭问，不曾提高声音。

“我再说一遍，”毕加梭夫继续道，有点动火了，“我不懂真理的意义是什么。照我的意思，世界上根本没有这样东西的存在，这就是说，这两个字是有的，但是本身没有。”

“呸，呸，”达尔雅·密哈伊洛夫娜喊道，“我奇怪你这样说竟不以为可耻，你这老囚徒！没有真理么？果真如此，那么生活在这世上还有什么意义？”

“好啦，我简直想说一句，达尔雅·密哈伊洛夫娜，”毕加梭夫反驳道，带着不耐烦的声调，“无论如何，在你，没有真理的生活总比没有厨子斯蒂芬——他烧汤是拿手——的生活过得要舒适些。你要真理做什么用？请你告诉我，又不能把它来装饰帽边子！”

“开玩笑算不得正论，”达尔雅·密哈伊洛夫娜说，“尤其是你涉及侮辱个人的方面。”

“我不知道真理，但是我看再谈下去也得不到什么答案。”毕加梭夫咕噜道，他带怒地转过身子去了。

于是罗亭开始说到“骄傲”，他说得很好。他指出人假使没有骄傲便是无价值的，骄傲是可以把地球从它的基础上移动的杠杆①，同时他又说，只有能够制驭骄傲，如骑师制驭他的马一样，献出自己的人格，为普遍的利益牺牲的人，才配得上称为人。

“自我主义，”他结束道，“是自杀。自我主义者将如孤独的不结果实的果树般枯萎；但是骄傲，野心，是臻于完善的动力，一切伟大事业的渊源。……是的！一个人应该剔除去他的人格上的顽固的自我主义而使之能自由地表达自己。”

“你借给我一支铅笔好么？”毕加梭夫问巴西斯它夫。

巴西斯它夫一时不懂毕加梭夫问他的用意。

“你要一支铅笔做什么？”他终于问。

“我想把罗亭先生最后的一句话写下来。假如不抄录下来是会忘记了的，我担心。但是你知道，类似这种的句子是一大堆的花言巧语。”

“对于有些事情取笑胡闹是可耻的，阿菲利加·塞美尼奇！”巴西斯它夫带着热情地说，背向毕加梭夫扭转身去。

当这时候罗亭跑近娜泰雅。她站了起来，她的脸色有点迷

---

① 这是科学之父迦里罗 (Galileo Galilei，1564—1642) 的话。“假如给我以立足点，我可以用杠杆把地球移动。”——译者注。

惘。服玲萨夫，坐在她的旁边的，也站了起来。

“我看这架钢琴，”罗亭说，带着出外旅行的皇子般的大方的礼貌，“你弹这琴么？”

“是的，我弹，”娜泰雅回答。“但是不大好。这位是康斯坦丁·狄渥密地奇先生，弹得比我好得多。”

柏达列夫斯基迎上前来，带着假装的笑。

“你不应这样说，娜泰雅·亚历舍耶夫娜；你弹得并不比我坏。”

“你知道修贝尔的《骇王歌》[①]么？”罗亭问。

“他知道的，他知道的，”达尔雅·密哈伊洛夫娜打插道。“坐下来，康斯坦丁。你爱音乐么，德密特里·尼哥拉伊奇？”

罗亭只是微微点一点头，用手掠一掠头发，好像准备听似的，柏达列夫斯基开始弹。

娜泰雅站在钢琴旁边，而正对着罗亭。乐曲开始的时候，他的脸便变容了。他的深蓝的眼睛徐徐转着，时时移到娜泰雅的身上。柏达列夫斯基奏完了。

罗亭没说什么，跑到敞开着的窗口。带香的薄雾好像轻纱般的笼罩着花园；一阵醉人的香气从就近的树丛送来。星星洒漏下柔媚的光辉。夏夜是温柔的——把一切都软化了。罗亭凝睇着暗黑的花园，又望一望四周。

“这音乐和夜，”他说了，“令我记起我在德国时的学生生活；我们的集会，我们的夜的歌。”

“你曾经在德国么，那么？”达尔雅·密哈伊洛夫娜问。

“我在汉德堡过了一年，在柏林差不多也有一年。”

---

① 修贝尔（Schubert，1797—1828）奥地利音乐家。《骇王歌》（Erlkönig）系歌德作故事诗，由修贝尔配谱制成歌曲者。——译者注。

"你穿着学生的装束吗？听说他们穿的是很特别的服装。"

"在汉德堡我穿着带马距的长统靴，和轻骑兵的绣着花瓣的短上衣，头发长得披到肩膊。在柏林，学生的装束和普通人是一样的。"

"告诉我们一些你的学生生活吧，"亚历克山得拉·巴夫洛夫娜说。

罗亭照做了。但是他对于叙事很少成功。在他的描写里没有声色。他不知道怎样插诨打趣。可是，从他自己在国外的故事说起，不久又转到一般的题目上来，教育和科学的特殊价值，大学和一般的大学生活，他用粗健的笔触描了一个范围广泛内涵复杂的图略。大家都非常注意地听着他。他谈吐风生，娓娓动听，不十分清楚，但是这点不大清楚的地方，却替他的语句增添了一种特殊的魅力。

罗亭思想之丰盛使他不能有条理地准确地表现自己。一番幻想过后又是幻想，一个比喻之后又是一个比喻—— 一会儿惊人地大胆，一会儿又异常真实。这不是练习有素的演说家的可喜的努力的结果，而是按捺不住的随兴所之的灵感的嘘息。他并没有思索字句；字句是左右逢源地自发地流到唇边，每一个字都像从他的灵魂的底里迸涌出来，燃烧着信仰的热火。罗亭是最大的秘藏——辩才的音乐——的得主。他知道怎样去拨一条心的弦而使一切的人都莫明所以地颤动着共鸣着。也许很多的听众不确切地明白他讲点什么；但是他们的胸头为之叹息，好像在他们的眼前揭起了一层帷幕，有什么光辉灿烂的东西在远处遥遥闪耀。

罗亭的一切思想都集中在未来上面。这把他装成青年热情奔放的样子……站在窗口前面，没有望着任何人，他谈着，受了普遍的同情和注意，青年少女和夜的美丽所触发的灵感，逐着自己的情感的浪潮，达到雄辩滔滔的高点，诗的极致……他说话的声音，热烈而柔和，增加了幻想的成分；好像有什么更有力量的灵动在他的唇边流吐，他自己也吃惊了……罗亭谈到流逝的人生永久的意义何在。

"我记得一个北欧的故事，"他下结论道，"一个皇帝同着他的战士围坐在火的边旁，在一个暗黑的小屋子里面。是夜里。是冬天。突然一只小鸟从打开着的窗户飞进来，又从另一个窗户飞了出去。皇帝说这鸟好像世上的人，从黑暗飞进来，又向黑暗飞去，温暖与光明是短暂啊……'陛下，'最老的战士回答，'就是在黑暗中小鸟也不致迷失，它找到了它的巢。'这样，虽则我们的生命是短暂而无形迹，但是伟大的一切都是人类造成。要成为这种高等职务的执行者的一种自觉，衡诸乎其他的个人的享乐，当比较为重；就在死亡中，他也找得到他的生命，他的巢。"

罗亭停止了，低垂下眼睛，带着一脉无奈的略有难色的微笑。

"Vous êtes un poète,"("你是一个诗人,")这是达尔雅·密哈伊洛夫娜轻声的注释。

其余的人都暗暗地和她同意——除了毕加梭夫。不等到罗亭长篇议论的终结，他一声不响地拿了他的帽子，跑了出去，向站在门边的柏达列夫斯基带恶意地咬耳朵说：

"不！我倒反欢喜傻子。"

可是没有一个人想留住他，甚至也没有人注意到他。

仆人端上夜点心来，一点半钟之后，大家散了，各自回去。

达尔雅·密哈伊洛夫娜留罗亭过夜。亚历克山得拉·巴夫洛夫娜在和她的兄弟一起回家去的车中，有好几次高声称赞，惊佩罗亭异乎寻常的敏慧。服玲萨夫也和她同意，虽则在他们看来有时候罗亭所表达的有几分涩晦。“这就是说，不很容易领会。”他添上一句。无疑地他想把自己的意思弄得清楚一点，但是他的脸色沮丧，眼睛凝视着车中的角落，好像比平时更忧郁。

柏达列夫斯基走到卧室里去，当他解下华丽的绣花的吊带时，大声地说，“一个玲珑的伙子！”突然，凶暴地向他的仆人一瞥，叫他走出房外去。巴西斯它夫整夜没有睡觉，没有脱衣服——他写信给他的一个在莫斯科的朋友，直到天明；娜泰雅呢，也，虽则脱了衣服躺在床上，她一刻都没有睡，眼睛不曾交睫。她的头支在手上，目光不移地望着黑暗处；她的脉管在热狂地跳动，她的胸口时时嘘出深深的叹息来。

四

第二天早晨罗亭梳洗刚毕，一位仆人跑进来说达尔雅·密哈伊洛夫娜请他到她的闺房里一起用茶。罗亭看见房里只有她一个人。她很诚恳地欢迎他，问他晚上睡得好么，亲手替他倒一杯茶，问他茶里的糖够不够，递给他一支纸烟，并且重复了两遍说恨不早认识他。罗亭正想在离她稍远的座位上坐下；但是达尔雅·密哈伊洛夫娜请他坐在自己的沙发旁边的一把安乐椅上，她身子向着他稍微前俯，开始问起他的家世、他的计划，和他的旨趣。达尔雅·密哈伊洛夫娜说话随随便便，听话也没精打采似的；但是罗亭十分清楚地知道她在想法使他高兴，甚至于恭维他。这早晨的晤面是费了一番安排的，她打扮得非凡朴素却又高雅，à la Madame Rêcamier（列加美夫人式）![①] 但是达尔雅·密哈伊洛夫娜不久便停止了向他问长问短。她开始把自己的事情说给他听，说到她的青年时代，她认识的朋友。罗亭同情地倾听她的煞费心思的饶舌，但是—— 一桩奇异的事实——不论她谈论到什么人物，她自己总是独自个儿站在主

① Madame Rêcamier(1777—1849)，法国拿破仑时代著名贵妇人。——译者注。

要的地位，而其余的人物好像都被抹消，在背景中隐没不见了。但是抵补这缺点，罗亭也能精确地十分详尽地知道达尔雅·密哈伊洛夫娜对某某显官说过什么话，和她曾经予某某著名诗人以什么影响。照达尔雅·密哈伊洛夫娜的说法判断起来，好像最近二十五年中的所有知名之士都只是如何在希求和她认识，博得她的好评似的。她随便地提起他们，不带特殊的热情和尊敬，好像他们都是她日常的老朋友，其中有几个她叫做“荒唐的家伙”，当她说起他们的时候，好像华丽的嵌镶围绕着一块无价的宝石，他们的名字排列成珠宝气的一圈，环绕着这主要的名字——环绕着达尔雅·密哈伊洛夫娜的名字。

罗亭听着，抽着纸烟，很少开口。他说得好，也欢喜说话；接谈对话却非他的擅长；他是一位知趣的听者。任何人——只要开头不感到他的威胁——会在他的面前把他们的心信赖地打开；他便会跟随着别人的谈述的丝缕，容易感动而富于同情的。他的性情很好——那种觉得自己比别人高一等的只瞧自己不看别人的特殊的好性情。在辩论中他可是很有少容他的对方得完全表现自己，他以迫不及待的躁急而热情的对辩压倒他。

达尔雅·密哈伊洛夫娜说的是俄国话。她颇以自己本国语言的知识自骄，虽则法语也常常脱出口来。她故意采用平常俚俗的名词，但不是时常得到成功。罗亭的耳朵倒并不觉得达尔雅·密哈伊洛夫娜唇边流吐的夹杂的语言的难受，真的他简直不曾听它。

达尔雅·密哈伊洛夫娜终于说得累了，把头放在安乐椅的垫子上，眼睛盯着罗亭，一声不响。

“现在我懂得了，”罗亭开始慢慢地说，“我懂得你为什么每个夏天都到乡间来。这短期的休息于你是必需的；在你过了都市生活之后，这乡村的和平会使你恢复疲劳和增进健康。我相信你是深深地感到大自然之美的。”

达尔雅·密哈伊洛夫娜把罗亭盯了一眼。

“大自然……是的……是的……当然哪……我热烈地爱好它；但是你知道么，德密特里·尼哥拉伊奇，就是在乡间也不能没有朋友。而此间是一个都没有。这些人中间毕加梭夫算是顶有机智的了。”

“昨晚在此地的那一位执拗的老先生么？”罗亭问。

“是的……在乡间，就是他也有一点用——他有时叫人喜笑。”

“他并不笨，”罗亭回答说，“但是他走错了路了。我不知道你是否和我同意，达尔雅·密哈伊洛夫娜，在否定——完全的，对于一般的否定——中没有得救之道。否认了一切而你便会把他当做一位有才能的人，这是尽人皆知的狡计。心地单纯的人们很容易下这样的结论说你比被你自己所否认的总高过一等。而这时常是错了。第一点，你可以挑剔任何事件的破绽；第二点，就算你所说的很对，这于你更不好；你的才智，随着简单否定的引导，会渐渐失去光彩而枯萎。当你快意于虚浮的骄傲的时候，你是被褫夺去思想的真正的慰藉了；生命——生命的本质——自会避开你的不足道的嫉妒的评论，而你终于愤骂而成为可笑的人。只是爱人的人才有权利责备和寻找错误。”

“Voilâ Monsieur Pigasov enterré，（这样，毕加梭夫先生完了，）”达尔雅·密哈伊洛夫娜说。“你是有何等的天才品评人物啊！但是毕加梭夫当然不了解你的。他除了自己个人而外什么都不爱。”

“他在自己个人身上发现缺点，便以为有权利去找别人的缺点了，”罗亭添进一句。

达尔雅·密哈伊洛夫娜笑了。

“‘他把好人，’正如老话所说的，‘把好人当做病人看。’暂且丢开不谈罢，你想男爵怎样？”

“男爵？他是顶呱呱的人物，心地很好，学问也很好……但是他没有个性……终他的一生，将成为半个学者，半个要人，这就是说一个多才多艺的人，这就是说，说得明白一点——不像这，也不像那……多可惜！”

“我也这样想，”达尔雅·密哈伊洛夫娜说。“我读了他的论文……Entre nous……cela a assex peu de fond。（在我们彼此间，可以说，不够根底。）”

“你此地还有什么人？”停了一会，罗亭问。

达尔雅·密哈伊洛夫娜用小指弹去烟灰。

“哦，简直没有什么人。黎宾夫人，亚历克山得拉·巴夫洛夫娜，昨天你看到过的；她是温和妩媚的——但别无足取。她的兄弟也是一个好家伙—— un parfait honnête homme。（一个完全老好的人。）还有你知道的加林亲王。便是这几个人。除此之上还有两三位邻居，但是他们真是毫无用处的。他们有的神气十足，有的不可接近，或者是十分不合身份的优游潇洒的。至于太太们，如你所知，我一个都看不上眼。还有一位邻居，听说很有教养，学问也很好的男子，但是一个离奇得可怕的人，性情非常古怪。亚历克山得玲纳认识他……我想她对他并非无心的……真的是，你应当和她谈一谈，德密特里·尼哥拉伊奇；她是温和的，她只要再加以开导。”

“我也很欢喜她。”罗亭说。

“完全是个孩子，德密特里·尼哥拉伊奇，绝对是一个小宝宝。她结过婚，Mais c'est tout comme……(但这完全好像……)假如我是一个男子，我一定爱上像她那样的女人。”

“真的？”

“当然。这类女子至少是新鲜活泼，而活泼并不能假装得像的。”

“别的也可以假装的么？”罗亭问，他笑了——在他是难得笑的。当他笑的时候，脸孔有一种奇异的几乎是老人相，他的眼睛不见了，鼻子皱了起来。

“那位你叫做古怪的人是谁，黎宾夫人对他表示好意的那一位？”他问。

“一位姓列兹尧夫的先生，密哈伊罗·密哈伊里奇，本地的一位地主。”

罗亭好像有点惊异，他抬起头来。

“列兹尧夫——密哈伊罗·密哈伊里奇？”他问。“他是你的邻居么？”

“是的。你认识他么？”

罗亭一会儿没有回答。

“我在很早以前曾认识他。他有钱的，我想？”他接上一句，拉一拉椅披的边。

“是的，他有钱，虽则他打扮得很怕人，好像衙差一样地驾一辆竞赛的轻马车。我很希望请他到此地来，人们说他很有才学的，我找他有点事要商量……你知道我是自己管理田产的。”

罗亭点头表示知道的。

“是的，我亲自管理的，”达尔雅·密哈伊洛夫娜继续说。“我并不采用什么外国的花样，只欢喜我们自己的，俄国的东西，你看，事情好像也不坏。”她又说，扬一扬手。

“我始终以为，”罗亭和蔼地说，“那些不肯承认女子有实际生活的智能的人们的是绝对的错误。”

达尔雅·密哈伊洛夫娜蔼然可亲地笑了。

“你对我们女子很好。”她下注释道。“刚才我们说的什么？哦，是的，列兹尧夫！我和他有一点关于界址的事情。我有好几次请他到此地来；今天我也等着他来，但是来不来不知道……他是这样奇怪的东西。”

门前的帐幔轻轻地被拉到一边，一个仆人进来，高个子，灰白的头发，秃顶，穿着黑衣服，白颈巾，白背心。

“什么事？”达尔雅·密哈伊洛夫娜问，把头稍微转向罗亭，低声地说，“n' est ce pas, comme il ressemble à Canning?（对么，他多么地像梗宁？[①]）”

“密哈伊罗·密哈伊里奇·列兹尧夫来了，”仆人通知说，“你要接见他么？”

“天啊！”达尔雅·密哈伊洛夫娜喊起来道，“真是说到神鬼，神鬼就到——请上来。”

仆人出去。

“他真是一位古怪的人。现在他来了，时间不凑巧，他把我们的谈话打断了。”

罗亭从座位上立起身来，但是达尔雅·密哈伊洛夫娜止住他。

“你到哪里去？我们可以在你的面前讨论。我要你也把他分析一下，如同对毕加梭夫一般。你说话的时候，vous gravez

---

① 梗宁系指 Viscount Stratford de Redcliffc。Canning(1786—1880)，英国著名外交家，有“东方英吉利喉舌”之称。——译者注

comme avec un burin（好像刻在书版上一样）。住罢。”罗亭想要分辩，但是想了一想依旧坐下。

密哈伊罗·密哈伊里奇，读者已经认识的，走进室内。他仍旧穿着那套灰色外套，在太阳晒黑了的手里拿着老样子的军营便帽，他静静地向达尔雅·密哈伊洛夫娜一鞠躬，走到茶桌前面。

“终于，你光临了，列兹尧夫先生！”达尔雅·密哈伊洛夫娜开口道。“请坐。我听说你们已经相识。”她继续说，做个手势指罗亭。

列兹尧夫望一望罗亭，带着奇怪的笑。

“我认识罗亭先生。”他颔首示意，微微一鞠躬。

“我们一起在大学里。”罗亭轻轻地说，垂下眼睛。

“以后我们也见过面。”列兹尧夫冷冷地说。

达尔雅·密哈伊洛夫娜摸不着头脑地望着两个人，请列兹尧夫坐下。他坐下来。

“你要见我，”他开口道，“是为了界址的问题么？”

“是的，关于界址的问题。但是我不论怎样也想看看你。我们是近邻，你知道，只不过不是亲戚罢了。”

“我很承你的情，”列兹尧夫回答，“至于界址，我已经和你的管理人完全商妥了，我统统同意于他的建议。”

“我知道。”

“但是他告诉我说没有和你亲口谈过，合同是不能签订的。”

“是的，这是我的规则。带说一句，假如我可以问：你的所有的农奴，我相信都是缴租的罢？”

“正是。”

“而你自己劳心去管理界址的事情！这是值得钦佩的。”

列兹尧夫停一下没有回答。

“好啦，我总算亲自来和你谈过了。”他最后说出一句。

达尔雅·密哈伊洛夫娜微笑着。

“我看到你来了。你说话用这样腔调。……你不大高兴来看我罢。”

“我什么地方都不去。”列兹尧夫慢吞吞地回答。

“什么地方都不去？但是你去看亚历克山得拉·巴夫洛夫娜的。”

“我是她兄弟的老朋友。”

“她兄弟的！……可是，我从来也不勉强别人……但是，原谅我，密哈伊罗·密哈伊里奇，我年纪比你大，容许我贡献给你一点意见罢；像你这样的不和人来往地生活着究竟觉得有何兴趣？还是我的家里特别使你不高兴？你讨厌我么？”

“我不了解你，达尔雅·密哈伊洛夫娜，所以我也不能讨厌你。你有华美的房子，但是我得向你坦白地承认我并不欢喜礼节。我没有像样的衣服，我没有手套，我是不属于你们队里的。”

“出身，教育，你都是属于这一队的，密哈伊罗·密哈伊里奇！Vous etês des nôtres（你是我们队里的）。”

“出身和教育都很好，达尔雅·密哈伊洛夫娜；问题不在这里。”

“一个人应当和他的淘伴生活在一起，密哈伊罗·密哈伊里奇！像狄奥基尼斯[①]坐在桶子里，有什么愉快？”

“第一点，他坐在那里很舒服，第二点，你怎样知道我不和我的淘伴们一起过生活呢？”

---

① 狄奥基尼斯 (Diogenes，412？—323？ B.C.) 希腊淡泊派哲学家。故事中说他住在桶子里。亚历山大王来看他，他说，“请站开些，别遮住我的太阳。”——译者注。

达尔雅·密哈伊洛夫娜咬一咬嘴唇。

“这是另一回事！我只是表示我没有算是你的朋友中之一的荣幸的一点歉意而已。”

“列兹尧夫先生”罗亭插嘴道，“似乎把爱自由的感情——这感情的本身当然值得赞扬的——看得太重一点。”

列兹尧夫没有回答，只望了罗亭一眼。接着是片时的静寂。

“就是这样，”列兹尧夫站起身来说，“我们的事情就算是这样决定，告诉你的管理人把契纸送到我这里来。”

“好的……纵然我得承认你这样的不给面子，我真的该得拒绝你才对。”

“但是你知道这回的重勘界址，你的利益比我的多。”

达尔雅·密哈伊洛夫娜耸一耸肩。

“难道你在这里吃早点都不行么？”她问。

“谢谢你，我一向不吃早点的，我忙着要回家去。”

达尔雅·密哈伊洛夫娜站起来。

“我不留你，”她说，跑到窗口旁边，“我不敢留你。”

列兹尧夫开始告辞。

“再会，列兹尧夫先生！对不起，麻烦了你。”

“哦，不要客气！”列兹尧夫说，他走了。

“嗳，对他，你怎么说？”达尔雅·密哈伊洛夫娜问罗亭。“我曾经听说他有点怪癖的，真的那是不可理解的！”

“他犯的也是和毕加梭夫同样的毛病，”罗亭说，“想立奇好异。其一想做曼费斯多斐里斯，[①] 另一个成了愤世嫉俗者。这内中原因，都由于太多自我主义，太多浮夸，而太缺少真实，

---

① 曼费斯多斐里斯 (Mephistopheles) 歌德名剧《浮士德》中恶魔名。喻对凡事加以冷讥，乐灾喜祸的人。——译者注。

缺少爱。真的，甚至于其中还有利害的打算。一个人带上了事事不关痛痒的闲散疏懒的面具，人们便一定会这样想：‘看这人，大好的才干埋没了！’但是你近前去细看一下，什么才干也没有。”

“Et de deux（这是第二个）！”达尔雅·密哈伊洛夫娜下了一句注脚。“攻击起人来你真是可怕。在你的前面什么也掩饰不住了。”

“你这样想么？”罗亭说……“可是，”他继续道，“我真的不该说起列兹尧夫；我爱他，朋友般地爱他……但是后来，一番两番的误会……”

“你们吵了架么？”

“不。但是我们离开了，离开了，好像是，永远的。”

“呵，我注意到在他来访的整个时间中你是在不安……但是今天早晨你给我的受益很多，时间过得真十分舒畅，但是一个人要知可则止。你请便罢，早餐的时候再见，我也要去料理一下我自己的事情。我的秘书，你见过他的——Constantin，c’est lui qui est mon secrétaire（康斯坦丁，他就是我的秘书）——现在在等我了。我把他推荐给你；他是一位顶等的挚恳的青年，很热心地关心你。Au revoir，cher Dmitri Nikolaitch!（再见，亲爱的德密特里·尼哥拉伊奇！）我多么地感激那位男爵使我得和你相识！”

达尔雅·密哈伊洛夫娜把手伸给罗亭。他先紧握一下，然后拿到唇边，然后走出客室，从客室走到悬廊。在悬廊上他遇见娜泰雅。

五

达尔雅·密哈伊洛夫娜的女儿娜泰雅·亚历舍耶夫在初眼看来也许不觉得可爱。她还没有完全发育；她是瘦的，皮色浅黑，身子微微有点驼曲。但是她的面貌是秀丽的、匀称的，虽则在一个十七岁的女孩子是略大了一点。特别美丽的是在她的修细的弯弯的眉黛上配上一张纯洁平直的额。她少说话，只是听着，不转眼地望着别人，好像她在拟定自己的结论。她时常站在一边，两手闲空地垂着，一动也不动，深深地在思索；她的脸在这时候表现出她的脑筋是在内部活动着的……一丝几难察觉的微笑会突然浮上她的唇边而旋复消失；于是她徐徐地抬起她的大的深蓝的眼睛。“Qu’avez vous（你怎么啦）？”彭果小姐便会这样问，于是便开始责备她，说是一个少女想得出神了好像失魂失魄似的是不对的。但是娜泰雅并不失魂失魄；反之，她求学很勤勉，读书工作都很努力。她的感情是强烈而深刻的，但是不露出来；就是在做小孩子的时候，她很少哭，现在连叹息也很少听到了，每逢有什么事使她苦恼的时候，只是脸色变得苍白一点。她的母亲当做她是聪明听话的好女孩子，开玩笑地叫她“mon honnête homme de fille（我的好女男儿）”，但是并不十分看重她的智力。“我的娜泰雅幸而冷静的，”她时常说，“不像我——这样倒好些。她将是幸福的。”达尔雅·密哈伊洛夫娜是错了。但是很少母亲了解她们的女儿的。

娜泰雅爱达尔雅·密哈伊洛夫娜，但是并不完全信任她。

“你没有什么瞒过我，”达尔雅·密哈伊洛夫娜有一次对她说，“否则你会十分秘密地保藏起来的；你是一个不漏气的小东西。”

娜泰雅望着母亲的脸，想，“为什么我不可以保藏起来？”

当罗亭在走廊遇见她的时候，她正和彭果小姐跑进屋子里去戴上帽子，要到花园里去。她的早课是完毕了。

娜泰雅现在已经不是当做女塾里的孩子看待。彭果小姐很久没有教给她神话和地理了；但是娜泰雅每天早晨都读历史书籍、游记，或别种有教益的作品。书是达尔雅·密哈伊洛夫娜选给她的，她自以为有她特殊的系统。其实她只不过把法文书籍商人从彼得堡寄来的一切拿给娜泰雅罢了，当然除了杜玛父子公司出版的小说。这些小说她留给自己读。当娜泰雅读历史书籍的时候，彭果小姐特别严峻地带着不愉之色从眼镜里望着；依这位老法兰西小姐的意见，一切历史里都载有“看不得”的东西，虽则因某种或别种理由，她所知道的古代的伟人只有一个——康比西斯[①]——近代的——路易十四和她所厌恶的拿破仑。但是娜泰雅也读别的书，这些书的存在彭果小姐并没有疑心到，她在心头把全部普希金的诗都记熟了。

碰见罗亭，娜泰雅脸微微一红。

“你们去散步吗？”他问。

“是的，我们正要到花园里去。”

---

① 康比西斯（Cambyses，528？——522 B.C.）波斯国王。——译者注。

“我可以奉陪么？”

娜泰雅望着彭果小姐。

“Mais certainement，monsieur，avec plaisir，”（“当然，先生，很高兴，”）老小姐口快地说。

罗亭拿了帽子和她们一起走去。

在这狭径上和罗亭并靠着走，娜泰雅起始觉得有点局促；过后她觉得舒松了些。他开始问她做点什么事，欢喜不欢喜乡间。她回答他的问句，多少带点生怯，但是并没有人们惯常误作温娴文静的那种不自然的羞赧。她的心在跳着。

“你在乡间不觉得无聊么？”罗亭问，斜瞟了她一眼。

“怎样在乡间会觉得无聊呢？我很高兴我们能够在此地。在此地我很快乐。”

“你很快乐——这是一个大字眼。可是，这是容易明白的；你是年青。”

罗亭说最后一句话的声音颇有点异样，不知是妒羡娜泰雅呢还是在怜恤她。

“是的！年青！”他继续说，“科学的全部目的就是要意识地求得年青时候不费任何代价得来的一切。”

娜泰雅注视着罗亭，她不懂。

“今天我和你的母亲谈了一整个早晨，”他继续往下说；“她是一个了不起的人。我懂得为何所有的诗人们都在觅取她的交谊了。你欢喜诗么？”他停了一停又加上一句。

“他在考我哩，”娜泰雅想，于是高声地说，“是的，我很欢喜诗。”

“诗是上帝的语言。我自己也欢喜诗。但是诗不仅是在诗句里面；到处都浮散着，在我们的四周。看这树、这天——无论在哪一方都有美和生命的嘘息，有生命和美的所在，便有诗。”

“让我们坐在这凳子上罢，”他说。“这里——这样就好。我想，假如你和我更相熟一点（他微笑地望着她的脸），我们做个朋友，你和我。你想怎样？”

“他把我当做女学生看待哩！”娜泰雅又这样想，不知道说些什么好，她便问他是否想在乡间久住。

“整个夏天和秋天，也许再加上冬天。我是一个很可怜的人，你知道；我的事情糟得一塌糊涂，其次，我从一个地方漂流到另一个地方，现在觉得疲倦了，是休息的时候了。”

娜泰雅惊讶了。

“难道你觉得这是你休息的时候么？”她怯生生地问。

罗亭转过头来，面对着娜泰雅。

“这是什么意思？”

“我意为，”她带着几分为难的口吻回答，“别人是可以休息；但是你……你应该工作，要做个有用的人，假如你不……还有谁？”

“我谢谢你的过奖的意见，”罗亭打断她，“要做个有用……说说是容易的！”（他用手抹他的脸）“要做个有用……”他又重复道。“就是我有坚固的信仰，我怎样能成为有用——就是我信任我自己的能力，到哪里去找真实的同情的灵魂？”

罗亭失望地挥一挥手，忧郁地让头歪倒下去，使娜泰雅不禁自己问自己，难道那些真的是他所说的话——昨晚她曾经听到的充满着希望的气息的那些话么？

“但是不，”他说，突然把他的狮鬣般的头发向后一掠，“这些都是傻气，你是对的。我谢谢你，娜泰雅·亚历舍耶夫娜，我真心地谢谢你。”（娜泰雅完全不懂得他向她谢些什么。）“你的一句话令我重新记省起我的责任，指出我的途径……是的，我要干。我不应该埋藏起我的才能，假如我多少有一点的话；我不应该把精力浪费在说话——空洞的，无补实际的话——上面。”于是他的话像川流般泻出来。他说得高贵地，热情地，有坚信地，说到怯懦和闲懒的罪恶，行动的需要。他把自己责备了一大顿，说是事先把你想要做的事加以讨论是不智的，正像拿一枚针去刺一只胀得烂熟的水果，只是耗费精力与浆汁而已。他说没有一桩高尚的理想是赢不得同情的，说那些始终不被人了解的人们，或是因为他们自己不明白他们要做些什么，或者是值不得去了解。他说了一长套，向娜泰雅·亚历舍耶夫娜再谢了一番作结尾，复突然出其不意地握住她的手，喊道，“你是高贵的，宽大的！”

这热情的奔放使彭果小姐吃惊，她纵然在俄国住了四十多年，听俄国话仍然费力，她只惊羡罗亭唇边滔滔不断的字句惊人的速力。在她的眼中，罗亭大概是艺术家或音乐家之流；照她的观念，这一类人是不能以严格的礼度相苛求的。

她站起身来，在裙子的四边拉一拉，整一整，对娜泰雅说这是进去的时候了，特别为了服玲莎夫（她这样地叫服玲萨夫的）要在那儿用早点。

“说到他，他就来了，”她加上一句，望着通到屋子里去的一条路上，真的，服玲萨夫在不远的地方出现了。

他带着踌躇的脚步跑上前来，远远地向他们招呼，脸上带着痛苦的表情，回头向娜泰雅说：

“哦，你们在散步吗？”

“是的，”娜泰雅回答，“我们正要回家去。”

“啊！”服玲萨夫的回答。“好，我们一道走罢。”他们一起走向屋子去。

“你的姊姊好么？”罗亭问，带着特别亲切的声调。昨天晚上，他对服玲萨夫也是非凡和蔼的。

“谢谢你；她很好。今天她也许要来……我来的时候你们正在讨论些什么罢？我想。”

“是的，我和娜泰雅谈话。她说了一桩事情令我非常感动。”

服玲萨夫并不追问这桩事是什么，在深深的沉默中他们回到达尔雅·密哈伊洛夫娜的屋子里。

在晚宴之前这小小集群复聚在客室里面。只有毕加梭夫没有来。罗亭没有显出他的本领；他只是逼着柏达列夫斯基弹贝多芬的乐曲，其余一点也没做什么。服玲萨夫默默地望着地板。娜泰雅不曾离开她母亲的身旁，有时沉入思想里，于是复专心做她的刺绣。巴西斯它夫眼睛不离罗亭，时常在警备着他会说出什么警惕的话。三个钟头便这样单调地过去了。亚历克山得拉·巴夫洛夫娜没有来吃饭。当他们从餐桌上站起身来的时候，服玲萨夫即刻吩咐套起他的马车，没有对任何人说一声“再会”，便溜走了。

他的心是沉重的。他很久便爱着娜泰雅，三番两次决定想向她求婚……她待他很好。——但是心仍然没有动，他清楚地看到。他并不希望挑逗起她心中的更温柔的感情，只在等着有一个时候她能够十分和他相熟，和他亲热。是什么扰了他？这两天来他可留意到有什么改变？娜泰雅还是和从前完全一样地待他。……

或者是他脑筋中来了什么想头说是他也许一点都不了解娜泰雅的性格——她之于他是想不到的生疏——或者是嫉妒已

经在他的心头作祟,或者是他有了不幸的模糊的预感……总之,他苦痛着，虽则他试想用理智来克服自己。

当他跑进他姊姊的房中的时候，列兹尧夫和她坐在一起。

“为什么你这样早便回来？”亚历克山得拉·巴夫洛夫娜问。

“哦，我受不了。”

“罗亭在么?”

“是。”

服玲萨夫把帽子一抛坐下来，亚历克山得拉·巴夫洛夫娜兴奋地朝着他。

“请你，塞莱夏（服玲萨夫的爱称），帮我说服这固执的人（指列兹尧夫），说罗亭是非常有才干而口齿流利的。”

服玲萨夫喃喃地说了几句。

“但是我不和你争辩，”列兹尧夫说，“我并不怀疑罗亭先生的才干和雄辩；我只是说我不欢喜他。”

“但是你见过他么？”服玲萨夫问。

“今天早晨我在达尔雅·密哈伊洛夫娜的家里遇见他。你知道他现在是她的宠客了。有一天她会和他离开的——柏达列夫斯基才是她的唯一的永远离不开的人——但是现在罗亭是至尊无上的,我看到他,真的！他坐在那里——她把我夸示给他,‘看哪，好朋友，我们这里有一位多么古怪的家伙！’但是我不是夺锦标的马,在竞赛场中跑给人看的,所以我抽身走了。”

“你怎样到她那里去的?”

“关于界址的事，但是这些都是托故的废话；她只是要瞧瞧我的面相罢了。她是个漂亮的贵妇人——这解释便够了。”

“罗亭的盛气自负冒犯了你——这就是！……”亚历克山

得拉·巴夫洛夫娜温婉地说，“这就是你所不肯原谅的。但是我相信除了他的才干以外他一定还有一颗同样很优尚的心。你应该望一望他的眼睛，当他——”

“‘侈谈崇高的纯洁哪’。”[①] 列兹尧夫引一句诗。

“你使我生气，我要叫起来了。我真心地可惜我没有到达尔雅·密哈伊洛夫娜那儿去，和你缠了许久。你不配。不要惹恼我，”她带着恳求的声调说，“你还是把罗亭的青年时代告诉我倒好些。”

“罗亭的青年时代？”

“是的，当然。你不是告诉过我你很知道他么，很早便认识他么？”

列兹尧夫站起身来在室内走来走去。

“是的，”他开始说，“我很知道他。你要我告诉你他的青年时代么？很好。他生在T省，一个穷地主的儿子，父亲不久便死了，留下他和他的母亲。她是很好的人，把他当做宝贝似的；她只是吃燕麦粉挨饿过日子，每一个铜子都花在他的身上。他在莫斯科受教育，起先用他一个叔父的钱，后来，当他长大了羽毛丰满了的时候，拍上了一位有钱的亲王，供给他各项费用——对不起，我不再这样说了——他和亲王做了朋友。于是他进了大学。我是在大学里认识他的，并且成了契友。过几天我可以把我们在那些已往的日子中所过的生活告诉你，现在我可不能够。于是他到外国去。……”

列兹尧夫继续在室内走来走去，亚历克山得拉·巴夫洛夫娜用眼睛跟着他。

---

① Griboyedov的诗句。——1873年出版Henry Holt英译本文中所载。

“当他在国外的时候，”他接着说，“罗亭很少写信给他的母亲，只有回国望过她一次，而且仅住了十天……老妇人在陌生人的照料中死了，没有见到他。但是直到死的时候，她眼睛还离不开他的画像。当我住在 T 省的时候，我跑去看过她。她是和善慈蔼的女人；她时常请我吃樱桃酱。她爱她的密且耶（罗亭的爱称）是愚诚的。彼周林[1]典型的人物告诉我们说，我们时常偏会去爱那种他自身丝毫不会感到爱的人们；但是我的意思是所有的母亲都爱她们的孩子，特别是当他们不在的时候。此后我在外国碰到罗亭。那时他和一位女人发生关系，一位我们的本国人，一只蓝袜子[2]，年纪已不轻，不好看，活像一只蓝袜子。他和她同住了好久，终于丢弃了她——或者，不，请原谅——她丢弃了他。就在这时候我也丢弃了他。完了。”

列兹尧夫停止说话，把手掠一掠额角，身子一仰倒在椅子上，好像疲乏了似的。

“你知道么？密哈伊罗·密哈伊里奇，”亚历克山得拉·巴夫洛夫娜说，“我看你是处处怀着恶意的一个人，真的，你不比毕加梭夫好多少。我相信你所告诉我的一切是真实的，你并没有添加进什么，但是你把一切都说到坏的一方面去！可怜的老母亲，她的恩爱，她的孤独的死，那一个女人——这些是什么意思？你知道把一个最好的人加上这种每个人都会听得怕起来的色彩是容易的——并且不用加添什么，你看——但这也是一种诽谤！”

---

① 彼周林 Petchorin，莱尔蒙它夫 (Lermontoff) 小说中的主人公。——Henry Holt 英译本注。

② 蓝袜会（Blue Stocking Society 意即不穿晚礼服者的集会）是 1750 年间在蒙泰琪夫人家中举行的一种文艺谈话会。后人即借“蓝袜子”(Blue-stocking) 的名词来称有文学造诣的或爱好文学的妇女，微含讥讽的意思。——译者注。

列兹尧夫又站起来在室内走着。

“我并不要你听得怕，亚历克山得拉·巴夫洛夫娜，”他终于说出来，“我并不诽谤。可是，”他想了一会继续说，“真的，你所说的也有至理。我不想诽谤罗亭；但是——谁知道！很可能地他自从那时候起有时间转变过来——也许我错怪了他。”

“啊！你看。所以你要答应我和他重复旧交，想法完全了解他，然后把你的最后的意见来报告给我。”

“遵命。但是你为何这样一声不响，塞尔该，巴夫里奇？”

服玲萨夫一怔，抬起头来，好像他刚醒过来一样。

“我有什么可说？我不认识他。其次，我今天头痛。”

“是的，今晚你脸色好像有点发青，”亚历克山得拉·巴夫洛夫娜说；“你不舒适么？”

“我头痛，”服玲萨夫回答，他走了。

亚历克山得拉·巴夫洛夫娜和列兹尧夫望着他的背后，彼此交换了一眼，虽则他们不说什么。在服玲萨夫心头掠过些什么，在他们两人中间都并不费解。

六

两个多月过去了；在这整个时期中罗亭几乎不曾离开过达尔雅·密哈伊洛夫娜的家。她没有他便过不了。和他谈谈自己，听听他的雄辩，于她已成了必需。有一次罗亭说要离开，说是他所有的钱都用完了；她给了他五百卢布。他又向服玲萨夫借了两百卢布。毕加梭夫来望达尔雅·密哈伊洛夫娜的次数也比先前少了；罗亭的在场压倒了他。真的也不仅毕加梭夫一人感到一种威压。

“我不欢喜这自命不凡者，”毕加梭夫时常这样说，“他把自己说得来像煞传奇里的英雄。假如他说‘我，’他便停住，极力推崇一番，‘我，是的，我！’一套老话便和盘搬出来了；假如你打喷嚏，他立刻便会很正确地解释给你听为何你要打喷嚏而不咳嗽。假如他称赞你，便把你捧到九天高，假如他骂自己，便谦卑到尘土之不如——叫别人想来他将没脸再见天日了。可是一点儿都不！反而更快活些，好像灌了一杯酒。”

柏达列夫斯基有点怕罗亭，小心翼翼地试想赢得他的欢心。服玲萨夫和他结了奇怪的交情。罗亭把他叫做“游侠武士”，当面背后都吹捧他；但是服玲萨夫总近不拢去欢喜他，并且当罗亭在他的跟前卖气力把他的美点铺张扬厉开来的时候，他总觉得一种不由自主的不耐烦和讨厌。“他是和我开玩笑罢，”他想，于是心中便感到一腔妒恨。他想把感情抑制住，但是无效；他是因了娜泰雅的缘故在妒恨他。罗亭自己呢，虽则热情洋溢地欢迎服玲萨夫，虽则叫他“游侠武士”，向他借钱，对他也并不觉得真真亲热。当他们像真的朋友般地互相握手道好，眼睛彼此对望着的时候，他们两人中间的感情是很难解释的。

巴西斯它夫继续崇拜罗亭，他所说的每一个字眼，都专注地听取。罗亭却很少注意到他。有一次和他谈了一整个早晨，讨论着生命的最烦重的问题，唤醒他的最恳切的热情，但是后来他再也没有注意到他。很明显地，他说要寻找纯洁的、献身的灵魂只不过是一句话罢了。列兹尧夫，他近来也常常来的，罗亭和他很少谈论；好像在规避他。在列兹尧夫的一方面，对罗亭也冷淡。他可是并没有把他关于罗亭最后的结论报告给亚历克山得拉·巴夫洛夫娜，这层使她有几分不安。她着迷于罗亭，但是她信任列兹尧夫，达尔雅·密哈伊洛夫娜家中的每一个人都顺着罗亭的好恶；他的极微细的爱好都照做了。他决定一天的计划。没有一个同乐会 (Partie de plaisir) 不经他的合作而布置的。可是他并不很欢喜偶然随兴(impromptu)的郊游或野宴，好像大人参加孩子们的游戏一样，带着一种温和的但是倦累的友谊的神气。他对不论什么事都发生兴趣，达尔雅·密哈伊洛夫娜和他讨论起她的田庄的计划，孩子教育的计划，家务的处理，和一般的事情；他听着她的计划，并不以这琐屑的事情为苦，并且，在他的方面，他建议了许多改革，提出许多意见。达尔雅·密哈伊洛夫娜在口头上都赞成他的意见，但只是口头赞成而已。在事务上她实在是以她的管理人—— 一位年老的、独眼的小俄罗斯人，一位好脾气、富于机智的老家伙——的意见为依归的。“旧的肥，新的瘦，”他时常说，安详地一笑，映着孤独的眼睛。

次于达尔雅·密哈伊洛夫娜，罗亭和娜泰雅谈得顶多，顶长。他时常私自借书给她，把他的计划密告给她，把他在脑筋中所想的论文或其他作品的头几页念给她听。娜泰雅时常不能完全捉摸到其中的意义的。但是罗亭好像并不在乎她的懂不懂，只要她听着便好。他和娜泰雅的亲密在达尔雅·密哈伊洛夫娜并不欢喜。“暂且，”她想，“在乡间让她和他去谈罢。现在她还是像一个小姑娘和他逗着玩。这没有大害处，并且，倒反，还能够改进她的思想。到彼得堡我便立刻可以阻止它。”

达尔雅·密哈伊洛夫娜错了。娜泰雅并不像学校的女孩子般地和罗亭胡扯着；她渴饮着他的字句；想探索它的完全的意义；她把她的思想、她的怀疑都交托给罗亭；他成了她的首领，她的导师。直到那时止，她只是头脑受了扰乱，但是年青人不会单单脑筋被扰乱的。（心不久也会被扰乱的啊！）当，有时候，在花园的凳子上，在菩提树叶透明的阴影底下，罗亭开始把哥德的《浮士德》，霍甫曼[①]或贝蒂娜[②]的书简或诺伐里斯[③]读给她听，屡屡停止着替她解释对她费解的地方，娜泰雅过的是多么甜美的时刻。像大部分的俄国女孩子们一样，她德语说得不行，但是很能听得，而罗亭是熟谙德国的诗歌，德国的浪漫主义作品和哲学的，他把娜泰雅带引到这禁苑中来了。从罗亭摊开在膝上的书页中，想象不到的壮丽显示在她的有所期待

---

① 霍甫曼（Emst Theodor Wilhelm Hoffmann 1776—1822），德国小说家。——译者注。

② 贝蒂娜（Bettina d’Arnim，1785—1859），德国女散文作家。——译者注。

③ 诺伐里斯 (Novalis 1772—1801)，德诗人 Friedrich von Hardenburg 之笔名。——译者注。

的眼睛之前；神圣的憧憬，新的、光辉灿烂的思想的川流以韵律的乐曲流入她的灵魂，在她的心中，受崇高的感情的无上的喜悦所感动，缓缓地燃起圣洁的热情的星火而扇成了巨焰。

“告诉我，德密特里·尼哥拉伊奇，”有一天她说，坐在靠窗口绣花架的旁边，“冬天，你要到彼得堡去么？”

“我不知道，”罗亭回答，让正在浏览的书本跌在膝上。“假如找到钱，我要去。”

他沮丧地说；他觉得疲倦，但是一整天并没有做什么事。

“我想你一定找得到的。”

罗亭摇摇头。

“你这样想么？”

他瞅头望着别处，似含无限深意。

娜泰雅正想回答，但又耐一下。

“看罢，”罗亭说，做个手势指着窗口，“你看到这苹果树么？被它自己的丰富的果实的重量压断了。天才的真实的象征。”

“因为没有支持的东西，所以断了。”娜泰雅回答。

“我懂得你，娜泰雅·亚历舍耶夫娜，但是一个男子要找这种支持是不容易的。”

“我想别人的同情……无论如何，孤独总是……”

娜泰雅有点迷惘了，脸孔微微一红。

“冬天你在乡间做什么事？”她急遽地问。

“做什么？我将完成我的长篇论文——你知道的——论‘人生与艺术的悲剧’。前天我把大纲对你说过了的，我要把这篇论文送给你。”

“要付印出版么？”

“不。”

“不？那么你为谁而工作呢？”

“假使为了你？”

娜泰雅低下眼睛。

“对我太高深了。”

“我可以问么？论文的题目叫什么？”巴西斯它夫谦和地问。他坐在稍远的所在。

“‘人生与艺术的悲剧’。”罗亭重述了一遍。“巴西斯它夫先生也将读它。但是我还没有十分决定论文的基本要旨。现在我还没有把‘爱的悲剧的意义’弄出来。”

罗亭欢喜谈到爱，时常这样。起先讲到“爱”的字眼，彭果小姐便会跳起来，好像老战马听到号角的声音便尖起耳朵；但是到后来她渐渐听惯了，而现在，只是撅一撅嘴唇，不时吸着鼻烟罢了。

“在我看来，”娜泰雅胆怯地说，“爱的悲剧便是无酬报的爱。”

“并不然！”罗亭回答；“这倒是爱的喜剧的一方面……这问题应当用完全另外一种看法——应当更深奥地去探求……爱！”他继续说，“爱的一切都是神秘的；怎样产生；怎样发展；怎样消灭。有时它突然来了，毫不犹豫的，像白昼那样光明愉快；有时它好像槁灰底下的余烬在那儿冒烟，在事过境迁之后在心中突然爆发出烈焰来；有时它如一条蛇弯弯曲曲地爬进你的心，又突然溜了出去……是的，是的；这是大问题。但是在我们现在，有谁在爱？谁是这样勇敢地去爱？”

罗亭沉思了。

“为什么我们这许久没有看见塞尔该·巴夫里奇呢？”他

突然问。

娜泰雅脸孔一红，把头低到绣花架上面。

“我不知道，”她喃喃地说。

“他是一个多么漂亮仁厚的家伙！”罗亭发言道，站了起来。“这是俄罗斯绅士的最佳的典型之一。”

彭果小姐用她的细小的法兰西眼睛斜看了他一眼。

罗亭在室内走来走去。

“你注意到么，”他说，顿起脚跟急速地转过身，“在老槲树上——槲树是坚强的树——旧叶子只是在新叶子开始萌发的时候才脱落的么？”

“是的，”娜泰雅慢慢地回答，“我注意到。”

“在坚强的心中旧的爱就是这样；已经枯死了，但仍牢系着；只等到新的爱来方能把它赶走。”

娜泰雅没有回答。

“这是什么意思？”她想了。

罗亭站住不动，把头发望脑后一掠，走开去了。

娜泰雅回到自己的房间。她困惑地坐在床上好久，思索着罗亭最后的一句话。突然捏紧了双手，很辛酸地哭起来。她哭的什么，谁能够说。她自己也不知道眼泪为何如此迅速地淌下来。她拭干了；但又重新流出来，好像久壅顿开的泉水。

同一天，亚历克山得拉·巴夫洛夫娜和列兹尧夫谈起罗亭。起始他默默地忍受住她一切的进攻，但是终于被挑拨起来谈着。

“我看到，”她对他说。“你不欢喜罗亭，和从前一样。我是故意熬到现在不来问你的，但是现在你已有时间来打定主意他究竟有否改变，我想知道你为何不欢喜他。”

“很好，”列兹尧夫回答，带着他的惯常的冷峻，“既然你已经忍耐不得，听着，要不生气。”

“你说，开始，开始。”

“要让我说完。”

“当然，当然，说呀！”

“很好，”列兹尧夫说，懒洋洋地倒在沙发上；“我承认我确是不欢喜罗亭。他是聪明人。”

“我也这样想。”

“他是异常聪明的人，虽则实际上非常浅薄。”

“说这话是容易的。”

“虽则非常浅薄，”列兹尧夫重复一句，“但是这还没有多大害处；我们都是浅薄的。甚至我也不想求全责备，他内心是暴君，懒惰者，学识谫陋！”

亚历克山得拉·巴夫洛夫娜互握着两手。

“罗亭，学识谫陋！”她喊道。

“学识谫陋！”列兹尧夫用完全同样的声调复述一句，“他欢喜吃别人用别人的，装面子，如此等等——这也够平常。但错处是，他冷得和冰一样。”

“他冷！这狂热的灵魂冷！”亚历克山得拉·巴夫洛夫娜截断他的话。

“是的，和冰一样的冷，他自己知道，装做狂热的样子。坏的是，”列兹尧夫接着说，渐渐兴奋起来，“他在玩危险的把戏——对他自己没有危险，当然的；他不费一文钱，不损一毛。——但是别人把灵魂孤注一掷地押在里面了。”

“你说的是什么？指谁？我不懂，”亚历克山得拉·巴夫洛夫娜问。

“坏的是，他不忠实。他是一个聪明人，当然的；他应该知道他自己的话的无价值，但是说出来的时候好像都含有重大的意义似的。我并不争辩他是一个说话能手，但这不是俄罗斯式的。真的，说完了一句，说漂亮话在一个孩子是可以原谅的，但是在他这般年纪，说话只是为了自己听了好听，炫本领，这是可耻的！”

“我想，密哈伊罗·密哈伊里奇，不管炫本领不炫本领，别人听了还是一样。”

“请原谅，亚历克山得拉·巴夫洛夫娜，并不完全一样。有人说了一句话，使我整个身心感动，另一个人说了同样的话，或许更漂亮些——而我耳朵都尖不起，这是什么缘故？”

“‘你’不，也许，”亚历克山得拉·巴夫洛夫娜插口道。

“我不，”列兹尧夫反驳道，“虽则我的耳朵也许相当长。主要点是在这里，罗亭的话好像始终是话，永远不会成为事实——而同时话也会扰乱一个年青的心，会把它毁了。”

“但是你指谁，密哈伊罗·密哈伊里奇？”

列兹尧夫停了一下。

“你要知道我的意思是指谁，要不是指娜泰雅·亚历舍耶夫娜？”

亚历克山得拉·巴夫洛夫娜一怔。但是一会儿后又笑起来。

“当真！”她说，“你的想头真古怪！娜泰雅还是一个孩子；其次，如果真如你所说，你想达尔雅·密哈伊洛夫娜——”

“第一点，达尔雅·密哈伊洛夫娜是一个自我主义者，她只顾自己的生活；第二点，她相信自己教育孩子的本领，为他们感到不安连想也没有想到。胡说！这怎样可能：只要她一点头，威严地一眨眼，一切——便了结了，一切又服从了。这就是这位太太所想的；她自以为是女梅西纳斯[①]一个有学问的妇女，天晓得，事实上她不过是一个愚笨的庸俗的老妇人。但是娜泰雅不是一个孩子；请相信我，她比你我想得更多，更深刻。她的真挚的、善感的、热烈的性质偏会碰到这样一位戏角，一位浮薄少年。但是世界上这类事情并无足奇。”

“一位浮薄少年！你意下以为他是浮薄少年？”

“当然是的。请你自己告诉我，亚历克山得拉·巴夫洛夫娜，他在达尔雅·密哈伊洛夫娜的家里处的是什么地位？成了偶像；家庭的巫师，一切的布置、一切的闲谈琐屑都插一手——这是男子身份所配处的地位么？”

亚历克山得拉·巴夫洛夫娜愕然望着列兹尧夫。

“我不知道，密哈伊罗·密哈伊里奇，”她开始说。“你面都涨红了，兴奋了。我相信其中还有别的隐情。”

“哦，对了！告诉给女人一桩确信的真实，除非她捏造出一些和本题离得很远的不相干的琐屑的原因，来解释你为何要这样说而不是另一说法，她们是永远不会放心的。”

亚历克山得拉·巴夫洛夫娜生气了。

“好啦，列兹尧夫先生！你开始和毕加梭夫先生一样苛刻地攻击女人了；但是你要说，尽说便是，虽则说得透切，我总难得能够相信你了解每一个人、每一桩事。我想你错了。照你的意见，罗亭是泰尔杜夫[②]一流人物。”

“不，要点是在，他连泰尔杜夫都够不上。泰尔杜夫至少知道他所向的目标是什么；但是这个家伙，他的满肚才干——”

---

① 梅西纳斯（Caius Clinius Maecenas，73? —8 BC），罗马政治家，文艺保护者。——译者注。

② 泰尔杜夫 Tartuffe，莫利哀作喜剧 Tartuffe 中主角。似是而非的信仰家、伪善者。——译者注。

“好，好，他的什么？把你的话说完，你这不公平的、可怕的人！”

列兹尧夫站起来。

“听着，亚历克山得拉·巴夫洛夫娜，”他说，“是你不公平，不是我。你为了我的对罗亭粗暴的评语动气；我有权利很粗暴地说他！我付过相当高的代价，也许便是为了这特权的。我很知道他，我和他住过一个长时间。你记得我曾经应许你有一天要把我们在莫斯科的生活告诉给你。你明白地我现在必得这样做了，但是你有没有耐性听我说完？”

“告诉我，告诉我。”

“很好，那么。”

列兹尧夫开始用方步在室内走来走去，有时站住一会，低着头。

“你知道也许，”他说，“也许你不知道，我早岁便是一个孤儿，在十七岁的时候便没人管束我了。我住在莫斯科姑母的家里，欢喜怎样便怎样做。在童年时代我是相当愚而自负地欢喜说大话、夸本事。进了大学之后我像一个正式学生一样的生活着，所以便吃瘪了。我不想告诉你这一切；这值不得说起。但是其中我只要提起一桩，我说了一句谎话，一句相当可耻的谎话。事情拆穿了，我受到公开的羞辱。我昏了，像孩子般地哭了起来。这正在一位朋友的房间里，当着一大群同学的面。他们都笑我，只有一个同学，他，请你注意，在我坚不吐实的当儿他是比任何人都还要气愤的。也许是他怜了我；不管怎样，总之，他牵了我的臂，带我到他的房间里去。”

“这是罗亭么？”亚历克山得拉·巴夫洛夫娜问。

“不，这不是罗亭……这是另一个人……他现在死了……

他是一个非常的人。他的名字叫做波珂尔斯基。要在几句话中描写他是我的能力所不及，但是一开始说到他，便不高兴再提起别人了。他具有高贵的纯洁的心，和我从来不曾遇到过的聪颖。波珂尔斯基住在一间小小的、屋顶很低的房间里，一间木屋的顶楼里。他很穷，好像靠教课维持生活。有时茶都没有一杯来请朋友们喝，他的唯一的沙发摇摇落落的。坐在里面好像在船里一样。但是不管这些不安适，很多的人时常去看他。大家都爱他，他牵住了每条心。你会不相信坐在他的贫陋的小室中是多么的甜蜜和快乐！就是在他的房里我遇见罗亭。那时候他已经离开他的亲王了。”

“在这位波珂尔斯基的身上有什么异乎常人的地方？”亚历克山得拉·巴夫洛夫娜问。

“我怎样告诉你呢？诗和真实，这便是把我们吸引到他那儿去的力量。不仅他头脑清楚，知识广博，他还和孩子一样的甜蜜单纯，就是现在我耳朵里尚鸣响着他的欢忭的朗笑，同时他

在圣洁和真实的座前
燃了他夜半的灯

一如一位亲爱的半痴半颠的家伙，我们淘里的诗人，所说的。”

“他谈吐怎样？”亚历克山得拉·巴夫洛夫娜又问。

“他在高兴谈的时候谈得很好，但并不怎样出色。罗亭就是在那个时候，口才比他好上二十倍。”

列兹尧夫站住不动，交叠插着双手。

“波珂尔斯基和罗亭完全不同。罗亭是光芒毕露，言语流

畅，也许更热狂。表面看来他的天资好像比波珂尔斯基高，但是两相比较起来他便是可怜的小动物了。发扬某种理想，罗亭是最好不过，他在辩论中是一等，但是他的理想不是从他自己的脑筋中发出来的；他借取于别人，尤其是借波珂尔斯基，波珂尔斯基是恬静温和的——就是面貌也有几分文弱——他欢喜女人欢喜得入迷，欢喜寻开心消遣，从来不肯受人家的讥辱。罗亭好像充满了火、果敢和生命，但内心是冷的，几乎是懦弱的，除非冒犯了他的自尊心，他什么都忍受。他老想高人一等，但是他只凭着一般的原理和理想的名词达到这目的，当然对很多人也有巨大的影响；说老实话，没有人爱他；也许我是唯一的一个依恋着他的。他们忍受着他的支配，但是大家都忠心于波珂尔斯基。罗亭从来不拒绝和他所遇见的任何人争辩讨论。他书读得不多，虽则远超于波珂尔斯基和我们其余的人；其次，他有一个有条不紊的头脑，还有异常的记忆力，这些对于青年是有何等的影响啊！他们需要纲要，结论，错不错由你，也许是，但总得是结论！一个完全诚实无欺的人永不配他们的胃口。试想对青年说你不能给他们以一个完好无缺的真理，他们是不来听你的。但是你也不能骗他们。你要一半相信你自己是得到了真理。这就是为什么罗亭对我们有强有力的影响的缘故了。刚才我告诉过你，你知道，他书读得不多。但是读些哲学书籍，他的脑筋又是天生就的能够把读过的概括的原则抽取出来，看透凡事的根底，于是向各方演绎开去——连贯的，光明的，坚实的理想，给灵魂展开广阔的天地。我们的集团——只能这样说——是一群孩子们组织成的，学识浅陋的孩子们。哲学，艺术，科学，以至生命的本身于我们只是一大堆字汇——你要说是概念也随你的便，是迷幻的，富丽堂皇的概念，但是不连贯的、断续的。这些理想的总网络、宇宙的总原则，我们一点也不知道，也没有接触过，虽则我们泛泛地讨论着，想替我们自己形成一种概念。我们听了罗亭的话，初次地我们觉得终于把这总网络握得了，好像一层帷幕被揭开了一样！就算他所说的是摭拾别人的，这又有什么关系！在我们所认识的事物中确立了秩序与和谐；一切没有连络的都合成整体，在我们的眼前成了定形，像一座房子般地撑竖起来，一切充满了光明，到处都有兴感。……再也没有一样东西是没有意义的没有计划的，每样事物都明显地有巧智的设计和美，每一种事物都有了清晰的但仍是神秘的意义；每一桩游离的生活的事故都融入和谐，我们怀着一种神圣的畏惧和虔敬，怀着愉快的情绪，觉得我们自己是永久的真理的有生命的神器，宿命注定要为什么伟大的……这些在你看来不是很可笑的么？”

“一点也不！”亚历克山得拉·巴夫洛夫娜缓慢地回答；“为什么你这样想？我没有完全听懂你的意思，但是我并不以为这是可笑的。”

“自从那时之后我们有时间变得聪明点了，当然，”列兹尧夫继续道，“现在，这一切都好像孩子气……但是，我得重说一句，在当时我们大家受罗亭的赐益是不浅的；波珂尔斯基是无俦匹地比他高贵得多，这毫无疑义。波珂尔斯基把火和力嘘渡给我们大家；但是他自己是常常抑郁的，沉默的。他是神经质，体格不强壮；但是当他展开翅翼来的时候——天啊！是何等的冲飞！一直到蓝天的高处！在罗亭有许多卑微小器的地方，虽则外表漂亮，相貌魁梧；真的，他是一个侈谈者，他事事都欢喜插一手，事事要他布置、解释。他的细节的活动力是无穷竭的——他是天生的政略家。我所说的是我在那时认识的他。不幸他没有改变。在另一方面，到了三十五岁他的理想还没有改变！这不是任何人所能自说自道的！”

“坐下来，”亚历克山得拉·巴夫洛夫娜说，“为什么你像一只钟摆一样地尽动着？”

“我欢喜这样，”列兹尧夫回答。“且说，自从我加入了波珂尔斯基的小集团中之后，我可以告诉你，亚历克山得拉·巴夫洛夫娜，我完全改变了；我谦虚起来，热心想要学习；我读书，我觉得幸福而虔敬——换一句话说，我觉得好像走进了一个圣庙里面去一样。真的，当我回忆起我们的集会，我敢发誓，其中是有很多优美的感人的记忆的。试想一群五六个的孩子聚在一起，燃着一支蜡烛。茶是非常的苦，饼子是走了味的；但是你得看看我们的脸，听听我们的谈话！眼睛为着热情发光，两颊红了，心跳了，我们谈着上帝、真理、人类的将来、诗……我们所说的时常是错误的，我们狂悦于这些废话；但废话又何足为病？……波珂尔斯基叠起腿子坐着，苍白的脸托在手里，眼睛好像迸射出光辉。罗亭站在房间的中央说着，说得非常漂亮，一模一样地好像年青的提摩斯西尼斯[①]在澎湃的海滨；我们的诗人，蓬头乱发的苏波丁，不时好像从梦中飞出不意的断句，而薛勒尔，四十岁的老学生，一位德国牧师的儿子，多谢他的永久打不破的沉默，在我们中间有深刻的思想家的称誉的，带着一心不乱的庄严比平时愈守沉默；就是天真活泼的契托夫，我们团体中的亚里斯多芬尼斯[②]也帖服了，而仅有微笑；同时两三个新来的人怀着尊敬的欢愉倾听着。夜好像驾着轻翼似的

---

① 提摩斯西尼斯（Demosthenes 384—322 B.C.），希腊雄辩家，政治家，战士。——译者注。

② 亚里斯多芬尼斯 (Aristophanes 444？—380？ B.C.)，雅典最早戏剧作家，诗人。——译者注。

飞过去。在我们分手的时候，已经是灰白的早朝了，怀着一种甘美的灵魂的疲倦感动的，快乐的，无限希望的，陶然如有几分醉意（在这时候，我们中间是决不喝酒的）……甚至于仰睇天星都有一种信赖，好像它们是更近更可亲的了。啊，这欢乐的时间，我不能相信这是完全白费的！这并没有白费——就是对于此后过着鄙吝的生活的人们。有多少次我凑巧碰到这辈我大学里的老同窗！你会相信他全然失却人性的了，但是只要你在他的面前提起波珂尔斯基的名字，高贵的感情便会纤介不遗地立刻在他的心头搅动起来；好像在什么暗黑肮脏的室内打开被遗忘了的香水瓶的栓塞。”

列兹尧夫停止了，他的无血色的脸泛红了。

“你和罗亭闹翻的是什么原因呢？”亚历克山得拉·巴夫洛夫娜说，奇异地望着列兹尧夫。

“我并没有和他闹翻，当我在国外全盘知道了他的底蕴时，遂和他疏离了。但是在莫斯科，我真可能和他吵架的，在那里我吃了他的大亏。”

“怎样一回事？”

“就是这样。我——怎样告诉你呢？——和我的外表似乎不大相称，但是我时常有陷入恋爱的倾向的。”

“你！”

“是的，我，真的。这是奇怪的想头，对么？但是不管如何，确是这样。对啦，当时我爱上了一位很美丽的少女……但是你为什么这样眈眈地望着我，我可以告诉你比这事更奇特得多多的我的轶事哩！”

“是些什么事，假如我可以知道？”

“哦，就是这样。在莫斯科的时候我每晚都有约会——和谁，你猜？和花园尽头的一株小菩提树。我时常去抱它的苗条美丽的树干，我觉得好像拥抱了整个的自然，我的心溶化了膨胀了，恍如将万汇纳入怀中。那个时候我便是这个样子。你想，也许会，我写过诗么？……怎么不，我简直写过一个完整的剧本，模仿《曼斐列特》[①]的。在人物中有一个幽灵，胸前染着热血，并不是他自己的血请注意，而是'全人类'的血……是的，是的，你用不着奇怪这一些。但是我要开始把我的恋爱事件说给你听。我和一个女孩子相熟了——"

"你放弃了你和菩提树的夜会么？"亚历克山得拉·巴夫洛夫娜问。

"是的，我放弃了。这个女孩子是温柔的良善的宝宝，明湛活泼的眼睛和铃般的声音。"

"你把她描写得很不坏，"亚历克山得拉·巴夫洛夫娜添一下注释，带着微笑。

"你是这样苛刻的批评者，"列兹尧夫反辩说。"好啦，这位女孩子和她的父亲住在一起……但是我不详说；我只要告诉你说这位女孩子的心地是这样的良善，假如你向她要半杯茶，她会给你满满的一杯！在和她会见的两天之后，我是发狂地爱上她了，在第七天我便再也隐藏不住，底底细细地吐露给罗亭。在那时候我是完全受他的影响的，他的影响，我要说一句平心话，在许多事情上面是有裨益的。他是第一个人不轻视我，想把我培植成材。我热情地爱波珂尔斯基，在他的纯洁的灵魂的前面我感觉到一种敬畏，但罗亭是更可亲的。当他听到我的恋爱的时候，他便说不出来的欣喜，庆贺我，拥抱我，立刻便把

① 屠格涅夫在圣彼得堡大学学生时代，曾写过一篇诗剧 Stenio 模仿拜仑长诗《曼斐列特》（Manfred）的。——译者注。

我新处的地位的可贵加以讨论加以铺张。我尖起耳朵来听……你知道他是怎样能够说话的。他的话对我有非常的影响。我立刻觉得自己是相当了不起，装作正经的样子，笑着走开了。我记得我在那时候走路惯是大模大样安步徐行的，好像肚皮里放着一个宝瓶，里面满装着无价的液体，怕敢把它倾溢出来……我很幸福，尤其是我在她的眼睛里发现欢喜我的时候。罗亭想和我的爱人认识，我自己也坚执着要替他介绍。”

“啊，我看出来了，现在我看到这是怎样一回事，”亚历克山得拉·巴夫洛夫娜插嘴道。“罗亭夺去了你的情人，所以你永远不能原谅他……我简直可以赌东道说我是对的。”

“你赌输了，亚历克山得拉·巴夫洛夫娜；你错了。罗亭并没有夺去我的爱人，甚至于连想也不曾想；但是，还是一样，他把我的幸福断送了；虽则，冷静地观察起来，我现在还要感激他。但是在当时我几乎神经失常了。罗亭一点也没有想伤害我之意——倒相反；但是由于他的把不论什么感情——他自己的和别人的——都要用话句来钉一钉——好像把蝴蝶钉在标本箱里一样——的可咒诅的习惯，他开始替我们剖析我们彼此的关系，我们应该怎样互相接待，硬要我们调查考察我们的感情和思想，称赞我们，责备我们，甚至于我们往来的信札，他都要参加意见——你相信么？好，他结果把我们弄得完全失和了！就是在那时候，我是不容易和这位少女结婚的，（我多少还有点常识）但是至少我们可以幸福地过几个月 à la Paul et Virginie[①]（波儿与维齐尼式）的生活，但是目前来了硬拉的

① 《波儿与维齐尼》（Paul et Virginie），法国贝那廷·圣彼得 (Bernadin de Saint Pierre.1737—1814) 作恋爱小说。——译者注。

关系，各色各样的误解。这桩事是罗亭结束了的，一天晴和的早晨，他自信这是他做朋友的神圣义务，把一切的事情都去告诉她的老父亲——他这样做了。”

“这是可能的么？”亚历克山得拉·巴夫洛夫娜喊道。

“是的，而且他是得到我的同意做的，请注意。妙便妙在这儿！……就是现在我还记得当时我头脑浑沌昏乱；一切都上下颠倒了，事情好像在摄影机的暗箱里面一样——白的像黑，黑的像白；假的当做真的，妄想当做义务……啊，就是现在回忆起来都觉得可耻！罗亭——他永不认输的——一点都不觉得！他从一切的误解和困恼的上面飞越过去，好像燕子掠过池塘。”

“你就这样离开那位女孩子么？”亚历克山得拉·巴夫洛夫娜问，很天真地把头歪在一边，掀一掀眉毛。

“我们离开了——这是可怕的离别——异常出丑的，公开的，完全不必要的公开……我哭了，她也哭了，不知道是怎样的一回事……好像一个‘戈登结’[①]，割是割断了，但是痛苦的！可是，世界上的事情都是铺排得顶好不过。她嫁给一个极体贴的男子，现在很幸福。”

“但是，请你承认，你是永远不会原谅罗亭的，不管怎样。”亚历克山得拉·巴夫洛夫娜说。

“并不尽然！”列兹尧夫打断她的话，“反之，当他到外国去的时候，我哭得像一个孩子。说真话，我心头不高兴他的种子，就是在那时候埋种下来的。后来在外国碰见他的时候，我长大了些了……罗亭的本相也给我看出来了。”

---

① 希腊神话：菲里基（Phrygian）国王戈登（Gordius）作一固结，并预言能解此结者，将为全亚细亚君主。后亚历山大拔剑斩之，遂应此预言。——译者注。

“你在他身上确确实实地发现些什么？”

“不是么，刚才不是统统告诉了你么。但是说他说得够了。也许事情会变好的。我只要向你表明一句，假如我批评他过于苛刻，这并不是因为不了解他……至于关于娜泰雅·亚历舍耶夫娜，我不想多说，但是你应该留心你的兄弟。”

“我的兄弟！为什么？”

“为什么，望着他罢！难道你真的不曾留意到什么？”

亚历克山得拉·巴夫洛夫娜眼睛望着地上。

“你说的对，”她同意了。“当然——我的兄弟——好几天来他便和从前判若两人了。……但是你真的以为……”

“住口！我想他来了，”列兹尧夫轻声说。“但是娜泰雅不是一个小孩子，请相信我，虽则不幸和小孩子一样的没有经验。你将会看到，这女孩子会使你我惊异的。”

“怎样呢？”

“哦，这样……你知道正是这样的女孩子才会去投水，服毒，如此等等！……不要因为她貌似平静而看错了。她的感情是强烈的，她的性格——天啊！”

“来了！我看你现在想入非非了。在你那样忧郁的人看来，也许连我都像是一座火山么？”

“哦，不！”列兹尧夫回答带着微笑。“谈到个性——你根本没有个性，谢谢上帝！”

“这是何等无礼！”

“这，这是最高的赞美，请相信我。”

服玲萨夫跑进来，怀疑地望着列兹尧夫和他的姊姊。他近来瘦了。他们开始和他谈话，但是他对于他们的诙谑连笑都懒得笑，看来，正如毕加梭夫有一次说他的，好像一只忧郁的兔子。但是一生中没有某一个时期看来像一只忧郁的兔子似的人，在世界上恐怕永不会有。服玲萨夫觉得娜泰雅从他这里漂浮开去。随同着她，好像脚底下的土地也要滑走了。

七

翌晨是星期，娜泰雅起身很迟，昨天她缄默了一整天；她暗自惭愧自己的眼泪，她睡得很不好。衣服只披了一半，坐在她的小钢琴前面，间或弹了几声，声音是微弱得几乎听不见的，怕惊醒了彭果小姐。于是把前额靠在冰冷的键盘上，一动也不动地凭在那儿好久。她想着，并不是想罗亭本人，是想他所说的几句话，她完全陷入沉思中了。有时她记起了服玲萨夫，她知道他爱她的。但是这种对他的关怀一瞬即逝了……她觉得一种异样的激动。朝日初上时，她匆匆忙忙地穿好衣服跑下来，和她的母亲说了早安之后，找一个机会便跑到园子里去了。……这是热天，空际明朗，阳光熙和，虽则时有阵雨。微薄的烟般的浮云静静地掠过湛净的天空，好容易遮住一片太阳，偶时倾盆似的注下一阵急雨，复很快地收住了。粗而密的雨点，像钻石般的耀眼，迅速地以沉重的声音打在地上；阳光透过它的闪烁的颗粒；草在风中瑟瑟作响的，也静了，渴饮着雨后的水分；淋湿了的树木无力地摇动它的叶子；鸟不住地唱着，这流啭的啁啾夹和着新流的雨水的潺湲，听来是悦耳的。灰尘厚密的道路被急骤的粗雨点打得飞扬起来，成了点点的浅斑。于是云收了，微风开始拂来，草开始显出翠绿和金黄的颜色。潮湿的树叶子黏贴在一起，好像更成为透明了。四周发出一股浓厚的香味。

当娜泰雅走到园里来的时候，天空几无一片云。园中充满着芬芳与和平——那种与人慰藉的吉祥的和平，人处其间，心中便会被难以说明的情欲和秘密的感情的柔美的憔思激动了。

娜泰雅沿着池旁一行白杨走去；突然，好像从地底下钻出来似的，罗亭站在她的前面。她迷乱了。他望着她的脸。

“你独自个儿么？”

“是的，我一个人，”娜泰雅回答，“但是我立刻就要回去。这是回家的时候了。”

“我和你一道走。”

他在她的旁边走着。

“你好像有点忧郁，”他说。

“我——我正想说你好像失神似的。”

“也许是的——我时常是这样。在我，比起你来总更可原谅些。”

“你以为我没有什么可以忧郁的么？”

“在你的年龄，你应当寻求生命的快乐。”

娜泰雅没有出声地走了几步。

“德密特里·尼哥拉伊奇！”她说。

“嗯？”

“你记得么——昨天你所说的比喻——你记得么——说那槲树？”

“是的，我记得，怎样？”

娜泰雅偷瞥了他一眼。

“为什么你——你说的比喻是什么意思？”

罗亭低了头，眼睛望着远处。

“娜泰雅·亚历舍耶夫娜！”他用一种他所特具的，热烈的，意味深长的声调说，这种声调时常会使听者信以为罗亭还没有表示出他心里蕴藏着的感情的十分之一来的——“娜泰雅·亚历舍耶夫娜！你也许注意到我很少说起我的过去。那儿是几条我从来不曾去拨动过的琴弦。我的心——谁需要知道在它的里面有什么闪过呢？把它披露出来在我总觉得是一种冒渎。但是对你我把这矜持撇在一边了。你赢得我的信任……我不能欺瞒你，我也和一切的人们一样有爱也有痛苦……什么时候，怎样的？这些说也无用；但是我的心是认识很多的幸福和很多的痛苦的……”

罗亭略停了一下。

“昨天我对你所说的，”他继续道，“在某种程度可以应用到我目前的处境。但是这些说了又是无用的。这一方面的生活现在于我已成过去了。留下来给我的是烦累的疲劳的旅途，沿着灼热的尘封的道路从一处到另一处……什么时候才走得到——是否走得到——天知道……还是让我们谈你的事罢。”

“这是可能的么，德密特里·尼哥拉伊奇，”娜泰雅打断他的话，“在生命中你不希望些什么？”

“哦，不！我希望得很多，但不是为自己的。……要成为有用之身，从活动中得到的满足，我将永不放弃；但是我把幸福放弃了。我的希望，我的梦想和我自己的幸福二者不可得兼。爱”——说到这个字，他耸一耸肩膀——“爱不是为我存在的；我消受不起；一个女人爱男子，她有权利要求他的整体，而我不能献出我的全部来的。其次，青年们才会赢得爱，我是太老了。我怎样能叫别人回头向我呢？谢谢上帝，我把我自己的头放在自己的肩上。”

“我懂得了，”娜泰雅说，“一个志在崇高的目标的人不应该想到自己；但是难道一个女子便不能够契重这样的男子么？反之，我倒想，一个女子是不久便会拒绝一个自私者的……所有的青年——你所说的青年——都是自私者，他们只顾自己，甚至于他们恋爱的时候。请相信我，一个女子不单能够重视牺牲的价值，并且她也能牺牲自己。”

娜泰雅的双颊微微红了，眼睛发光。在她没有和罗亭结识之前，她是从来不曾说过这样冗长的热烈的话的。

“你曾经不止一次地听到我对一个女子的使命的见解，”罗亭回答，带着谦逊的微笑。“你知道，我认为只有贞德[①]一人能拯救法国的……但是要点不在这里。我要说的是你。你正站在人生的门槛上……讨论到你的将来是饶有兴味的而同时不是无益的事……听着：你知道我是你的朋友；我如兄弟般的关心你，所以我希望你不要想作我所问的问题是欠审慎的；请告诉我，你的心是从来不曾感动过么？”

娜泰雅浑身发热起来，什么也没有说。罗亭站住了，她也站住。

“你不对我生气么？”他问。

“不，”她回答，“但是我没有想到——”

“可是，”他继续说，“你不用回答我。我知道你的秘密。”

娜泰雅几乎惊愕地望着他。

“是的，是的，我知道什么人赢得了你的心。我应当说你

---

① 贞德 (Joan of Arc，1412—1431) 被称作“奥伦之女”(Maid of Orlean) 的法国女烈。英法战争时奋解奥伦之围，拯法国于濒亡。后被捕为英军焚死。——译者注。

是不能有更好的选择了。他是极好的人；他知道怎样尊重你；他不曾受过人生的磨折——他是单纯的，灵魂高洁的……他将使你快乐。……”

“你指谁，德密特里·尼哥拉伊奇？”

“难道你还不懂么？指服玲萨夫，当然。怎样？对么？”

娜泰雅向罗亭背过身去，跑开一点，她是完全失却主意了。

“你想他不爱你么？谬想！他眼睛不离开你，紧盯着你的每一个动作；真的，爱是瞒得住的么？你自己不也是欢喜地望着他么？据我所观察得到的，你的母亲也高兴他。……你的选择——”

“德密特里·尼哥拉伊奇，”娜泰雅插口道，在迷乱中把双手向近身的一株小树伸去，“真的这很难，要我说这话；但是我向你保证……你错了。”

“我错了！”罗亭复说一句。“我想不会的。我认识你不很久，但是我已经很知道你。我眼见你心中起了改变，这什么意思？我看得很清楚。你是不是和我初次遇见你的时候——六星期之前，完全一样呢？不，娜泰雅·亚历舍耶夫娜，你的心是不自由的。”

“也许不，”娜泰雅回答，几乎轻得听不见了，“但是还是一样，你是错了。”

“怎样？”罗亭问。

“让我去罢！不要问我！”娜泰雅回答，用急速的脚步朝屋子走去。

她是被自己突然意识到的感情惊住了。

罗亭赶上她，把她留住。

“娜泰雅·亚达舍耶夫娜，”他说，“这谈话不能像这样了结啊；这对我是太重要了……我怎样得了解你？”

“让我去罢！”娜泰雅重复道。

“娜泰雅·亚历舍耶夫娜，只是为了怜悯！”

罗亭的脸表示出他的激动不安来了。他苍白起来。

“你事事都懂得，一定也懂得我！”娜泰雅说；她挣脱他的手向前跑去，头也不回。

“只要一句话！”罗亭在她的后面喊。

她站住了，但并不回头来。

“你问我昨天的比喻是什么意思，让我来告诉你，我不想骗你。我说到我自己，我的过去——和你。”

“怎样，说我？”

“是的，说你；我再重复一句，我不骗你。现在你知道这感情是什么，我说过的新的感情……直到今天我尚不敢……”

娜泰雅突然把脸埋在手里，向屋子奔去。

她是被这和罗亭的谈话中的意料不到的结论迷乱了，甚至于跑过服玲萨夫的身边都没有注意到他。他一动不动地站着，背子靠在树上。他是一刻钟之前来到这屋子里的，在客室里遇见达尔雅·密哈伊洛夫娜；和她谈了几句话之后，在别人不注意中溜出来找娜泰雅，被爱的本能的导引，他一直跑到园子里，正巧碰见娜泰雅挣脱开罗亭的手。他眼前似乎起一阵黑。凝视着娜泰雅的背影，他离开树踱了两步，不知道到哪里去好，也不知道为了什么。罗亭跑上前来的时候看到他。大家面对面望了一望，一点头，默默地离开。

“这样不是结束。”两人都在想。

服玲萨夫跑到园子的尽头，他觉得悲哀而病了；他的心头如荷重负，他的血液奔腾起来，一阵阵感到突如的刺痛。雨又下了。罗亭回到自己的房间。他也激动了；他的思想是在旋涡里。真挚地出乎意外地年青的心的接触对任何人都会起激动的。

餐桌上情形有几分不对了。娜泰雅，苍白的，坐也不安的，不曾抬起眼睛来。服玲萨夫和平时一样地坐在她的旁边，有时候很勉强地和她谈了几句。这一天恰值毕加梭夫也在达尔雅·密哈伊洛夫娜家里吃饭。在桌上他比任何人都谈得多。在许多别的谈话中他说起人，好像狗，可以分成长尾巴的和短尾巴的两类。短尾巴的人们，他说，或是生来短尾或者是自作之孽。短尾巴的人们处境都是悲惨的；他们什么都没有成就——对自己也没有自信。但是有了毛茸茸的长尾巴的人是幸福的。他也许比短尾巴的差一些，弱一些；但是他自己相信自己；他把他的尾巴展开来，人人都称赞他。这真是不可解的一回事啦；尾巴，当然，是完全没有用的身体的一部分，你得承认；尾巴有什么用呢？但是大家都凭尾巴判断他们的能力。“我自己呢，”他叹了一声下结论道，“是属于短尾巴一类的，最讨厌的是，是我自己把我的尾巴弄断了。”

“你所说的，”罗亭随口下注解道，“在你之前很早拉霍雪甫戈[①]便说过了：先信任你自己，然后别人也会信任你。为什么扯到尾巴上去，我不懂。”

“让每一个人，”服玲萨夫尖刺地说，眼睛在发光，“让每一个人随他的高兴来表达自己。谈谈专横压制罢！……我以为没有比所谓聪明能干的人的专横压制更坏的；天罚他们罢！”

从服玲萨夫的口中突然吐出这样的话，大家都愕然了；大家默然地接受了这句话。罗亭试想望他一眼，但是他的眼睛不

---

① 拉霍雪甫戈（La Rochefoucauld，1613—1680），法国讽刺诗作家。——译者注。

肯听命，他转过头去，嘴唇不开动地苦笑了一下。

“啊哈！你也失去你的尾巴了！”毕加梭夫想；娜泰雅的心陷入恐怖里。达尔雅·密哈伊洛夫娜茫然不解地久长地凝视着服玲萨夫，终于第一个开口说话；她开始描写一只异常珍贵的某某大臣的狗。

饭后不久服玲萨夫便跑开了。当他向娜泰雅告别的时候，他禁不住向她说：

“为什么你迷惘失神了，好像做了错事一样？你是不会错待任何人的！”

娜泰雅一点也不懂，只在背后果望着他。在喝茶前，罗亭跑到她前面，身子俯在桌面上，好像在察看什么报纸一样，低声说：

“一切都像梦般，是么？我绝对地要你单独地给我一面，就是一分钟也好。”他转向彭果小姐，“这里，”他对她说，“这就是你所要找的一篇，”于是又转向娜泰雅，轻轻地加上一句，“请于十点钟左右到紫丁香花亭子附近，我等你。”

毕加梭夫是今晚的英雄。罗亭把地盘让给他占据了。他给达尔雅·密哈伊洛夫娜以很多的娱乐；起先他说起他的一个邻人的故事，说他三十年来被他的老婆弄怕了，性情变成女性似的，有一天他涉过一个水潭的时候，毕加梭夫恰在那里，他用手撩起他的衣裾，正像女人撩起裙子一样。于是又转到另一个人的身上，他起先是共济会[①]会员，后来成为忧郁病患者，最后又想做一个银行家。

---

① 共济会 (Freemasons) 为 Free and Accepted Masons（自由石工及参加石工）之略，创立于中古。原先为石工所组织的秘密结社，目的在互相救济。迨十八世纪初叶，始邀石工以外职业者参加。在旧俄，十八、十九世纪之间，此种秘密结社之风极盛，一时成为社会改革之先声。——译者注。

“你怎样做共济会会员，腓立普·斯蒂普尼奇？”毕加梭夫问他。

“你知道怎样做，我把小指的指甲留得很长。”

但是最使得达尔雅·密哈伊洛夫娜乐意的是毕加梭夫开始讨论到恋爱的时候,坚持着说就是他也曾经被人仰慕追求过的，说是一位热情的德国妇人甚至于替他起了绰号叫做她的“小阿菲利加宝贝”，她的“嘎声的小乌鸦”。达尔雅·密哈伊洛夫娜笑了，但是毕加梭夫说的倒是老实话；他真的是有可以骄傲的地方的。他坚持说没有比要使你选定的女人爱上你的一桩事更容易的了；你只要接连地向她说了十天，说天堂在她的嘴唇上，幸福在她的眼睛中，其余的女人和她比起来便是一些破布袋子；在第十一天她自己便会说，天堂在她的嘴唇上，幸福在她的眼睛中，便会爱上你。世界上什么事都能发生；所以谁知道，也许毕加梭夫的话是对的。

九点半[1]的时候，罗亭已经在亭子里了。星星从苍白的天空的辽远的深处出现；在太阳沉下去的西方，红色的残辉尚未消尽，地平线上显得更明亮更清湛了；半圆的月亮从如泣如诉的白杨枝叶交错的黑网里露出金黄的脸。一些树木好似狰狞的巨人站着，枝叶的罅隙好像几千百双的小眼睛，或者错叠成一堆堆密集的黑影。没有一片树叶在动着；紫丁香花和刺毬花的最高枝在温暖的空气中向上伸展着，好像在探听什么。房屋成了一团黑影了；一小块一小块的红光示出点着灯火的长窗；这是温柔而和平的夜，在这平和里微微觉得秘密的热情的呼息。

罗亭站着，双手交叉叠在胸口，以紧张的注意倾听着。他

---

① 在北半球，愈近北方则夏天的白昼愈长，冬天的白昼愈短。所以俄国的夏天，到夜里九点半的时候地平线上还有落日的余晖的。——译者注。

的心跳得厉害，他不由自主地把呼吸屏住了。终于他听到了轻轻的急促的脚步的声音，娜泰雅到亭子里来了。

罗亭迎上前去握住她的手。它们是冷得和冰一样。

“娜泰雅·亚历舍耶夫娜！”他以激动的低声说，“我要看你……我不能等到明天。我一定要告诉你我自己都没有想到的——就是在今天早晨都曾觉察到的。我爱你。”

娜泰雅的手在他的掌里微微颤动了。

“我爱你！”他重复说，“怎样会这许久我自己瞒着自己？为什么很早以前我不曾猜到我爱你？你呢？娜泰雅·亚历舍耶夫娜，告诉我！”

娜泰雅几乎呼吸都透不过来了。

“你看我跑到此地来了。”她终于说。

“不，说，你爱我！”

“我想——是的。”她轻轻地说。

罗亭更热情地紧握着她的手，想把她拉到他身边来。

娜泰雅很快地向四周一看。

“让我去罢——我怕……我想有人在偷听我们……看上帝面上，你小心点。服玲萨夫疑心着。”

“不要管他！你看今天我简直没有回答他的问话。……啊！娜泰雅·亚历舍耶夫娜，我多么幸福！现在将没有什么能够把我们分开！”

娜泰雅望着他的眼睛。

“让我去罢，”她低声地说；“时候到了。”

“再等一刻。”罗亭说。

“不，让我去，让我去罢。”

“你好像在怕我。”

“不，但是时候到了。”

“再说，至少再说一次。……”

“你说你是幸福的么？”娜泰雅说。

“我？世界上没有人比我更幸福的了！你还不相信么？”

娜泰雅抬起她的头。她的苍白的高贵的稚嫩的脸，因热情而变形，在这神秘的亭子的影下，在这从暮空返映下来的微弱的光辉中，是很美丽的。

“那么我告诉你，”她说，“我是你的。”

“哦，天哪！”罗亭喊。

但是娜泰雅跑开了，去了。

罗亭又站了一会儿，于是慢慢地走出亭子来。月光照在他的脸；他的唇上有一丝微笑。

“我是幸福的，”他轻轻地说。“是的，我是幸福。”他又重说了一句，好像他要使自己相信。

他伸一伸高长的身子，摇一摇头发，很快地跑进园子里，两手做着快乐的姿势。

同时紫丁香亭的矮树丛分开了，柏达列夫斯基出现。他小心地向四周看了一看，摇摇头，皱一皱嘴唇，郑重地说，“原来是这样。应该告诉达尔雅·密哈伊洛夫娜让她知道。”他隐没了。

八

服玲萨夫回到家中，非常忧郁、沮丧，没精打采地回答他姊姊的问话，复很快地把自己锁在房里，于是她决定差人通知列兹尧夫。在困难的时候，她时常求助于列兹尧夫的。列兹尧夫回报她说第二天来。

第二天早晨服玲萨夫仍然不见得高兴。早茶过后他原要出去监督田庄的工作的，但是他留在家里，躺在沙发上，手里拿起一本书——这是不常有的事。服玲萨夫对文学没有趣味，诗只会使他吃惊。“这是和诗般的不可解，”他时常这样说。为要证实他的话，他时常引下面的一位俄国诗人的句子：

等到他的惨澹的有生完时，
理智和骄傲的折磨，
将不会碾碎和揉皱，
血染的命运的莫忘我花。

亚历克山得拉·巴夫洛夫娜不安地望着她的兄弟，但是并不用许多问话来使他烦忧。一辆马车跑近门口了。

“呵！”她想，“列兹尧夫，谢天谢地！”

一个仆人进来报知说罗亭来了。

服玲萨夫把书抛在地板上，抬起头来。“谁来了？”他问。

“罗亭，德密待里·尼哥拉伊奇。”仆人重复一句。服玲萨夫站起来。

“请他进来，”他说，“你，姊姊，”他回头向亚历山得拉·巴夫洛夫娜添一句，“请你避开，单让我们两人。”

“为什么？”她问。

“我自有很充分的理由，”他打断她的话，热情地说。“我请你避开。”

罗亭进来。服玲萨夫站在房间的当中，冷冷地点一点头招呼他，没有向他伸手。

“请你承认，你料想不到我会来这里罢。”罗亭开言说，把帽子放在窗口旁边。他的嘴唇微微有一点痉挛，他有点不自在，但是想把他的局促不安隐藏住。

“我并没有料到你，当然的，”服玲萨夫回答，“在昨天的事情发生了之后。我倒是等着会有什么人把你的特殊消息告知我的。”

“我懂得你的意思，”罗亭说，坐了下来，“我很感激你的爽直。这样是比较好得多。我想你是有身份的人，所以亲自跑来谒见。”

“我们可不可以省些客套呢？”服玲萨夫说。

“我要向你解释我为什么要来。”

“我们是相熟的，为什么你不可以来？再者，你也并不是初次光临。”

“我来，一如有身份的人拜见另一位有身份的人，”罗亭重复说，“现在我要拜求你的公正的理性……我完全信任你。”

“什么事？”服玲萨夫说，他一直站在原处，悻悻然凝视着罗亭，有时拈一拈他的短髭。

“假如承你好意……我来此是要解释，当然，还是同样地不是几句话说得明白的。”

“为什么不？”

“事情牵连到第三者。”

“谁是第三者？”

“塞尔该·巴夫里奇，你懂得我么？”

“德密特里·尼哥拉伊奇，我一点都不懂得你。”

“你欢喜——”

“我欢喜明明白白地说！”服玲萨夫插进一句。

他焦急得开始发怒了。

罗亭皱一皱眉。

“允许我……目前只有你我两人……我得告诉你——虽则你一定早就注意到的（服玲萨夫不耐烦地耸一耸肩膀）——我须得告诉你我爱娜泰雅·亚历舍耶夫娜，而我并且有权利可以相信她也爱我。”

服玲萨夫脸发白了，但是没有回答。他走到窗口旁边，背朝着里面。

“你懂得，塞尔该·巴夫里奇，”罗亭继续说，“假如我没有这种自信……”

“我起誓！”服玲萨夫打断他的话，“我一点也不怀疑……好！这样就是！祝你幸运！我只是奇怪什么鬼主意引你把这消息送来给我。这消息对我有什么用？你所爱的人或爱你的人和我有什么相干？这真是超乎我的理解。”

服玲萨夫继续地凝视着窗外。他的声音似乎有点哽塞。

罗亭站起来。

“我要告诉你，塞尔该·巴夫里奇，为什么我决定来你这里，为什么我想我没有权利把我们的——她和我的——互爱的感情瞒住你。我对你的尊敬是太深了——这就是为什么我要来的缘故；我不要……我们俩都不愿在你的面前耍把戏。你对于娜泰雅·亚历舍耶夫娜的感情我是知道的。……相信我，我自己并没有妄想；我知道我是多么不配地在她的心中占据了你的地位的，但是如果命运如此，这样说明了不是比虚饰、作伪、欺骗要好一些么？比把我们弄成误会，甚至于弄成如同昨天晚餐桌上那种场幕要好一些么？塞尔该·巴夫里奇，请你自己告诉我，这对么？”

服玲萨夫把手抱在胸前，好像要按捺住自己似的。

“塞尔该·巴夫里奇！”罗亭继续道，“我给了你痛苦，我觉到——但是请了解我们——了解我们没有别的方法来表示我们对你的尊敬,来证明我们是知道怎样尊重你的信誉和正直。公开，完全的公开，对别的人们也许不适用；但是对你这形成了一种义务。我们很高兴地想做我们的秘密都在你的手中。”

服玲萨夫吐出一声强笑。

“谢谢你对我的信任！”他喊道，“虽则，请你注意，我并不希望知道你的秘密，也不想把我的秘密告诉你——纵然你把它们当做自己的私产一般——但是原谅我，你说来好像代表两个人。那么我可以猜想娜泰雅·亚历舍耶夫娜知道你到这里来和此来的目的罢？”

罗亭有点失惊了。

“不，我没有把我的主张告知娜泰雅·亚历舍耶夫娜；但是我知道她会赞成我的意见的。”

“这统统很好，真的！”服玲萨夫停了一会说，用手指擂着窗扇，“虽则我得承认假如你对我少有几分尊敬这倒好些。说句老实话，我并不稀罕你的尊敬；但是现在你要我做什么？”

“我不要什么——或者——不！我只要一件；我要你不把我看做一个口是心非的伪善者，要了解我……我希望现在你总不至于怀疑我的诚意……我要我们，塞尔该·巴夫里奇，像朋友般地离开……你要和从前一样地把手伸给我。”

罗亭跑到服玲萨夫的前面。

“原谅我，我的好先生，”服玲萨夫说，回转身来向后退了几步，“我准备完全平心接受你的好意，我承认这些都是很好的，很高超的，但是我们是平平常常的人，我们不会把姜饼上镀上黄金，我们跟不上像你那样的大思想家的迅飞疾展……你意下以为忠实的，我们看作是无礼的，不智的，和欠审慎的……对你很清楚很简单的，对我们是错综的隐晦的……我们要守秘密的而你要吹擂开来……我们怎样了解你！原谅我，我也不能把你看作一位朋友，也不伸手给你……这是很小器的，但是我只是一个小器的人。”

罗亭从窗边椅上拿起帽子。

“塞尔该·巴夫里奇！”他很悲愁地说，“再会；我的料想错了。我的拜访原不近情……但是我希望你……（服玲萨夫做着不耐烦的动作）原谅我，我不再提起这些了。从各方面想一想，真的我看你是对的，你只好这样做。再会，容许我至少再说一次，最后的一次，向你保证我的来意是真纯的……我相信你会保守秘密。”

“尽够了！”服玲萨夫喊到，气得发抖，“我从来没有要求过你的信任；这样你便没有任何权利来打算到我替你保守秘密！”

罗亭还想说些什么，但是他只摇一摇手，一鞠躬，去了，服玲萨夫身子一倒，躺在沙发上，脸朝着墙壁。

“我可以进来么？”门边亚历克山得拉·巴夫洛夫娜的声音。

服玲萨夫没有即时回答，偷偷地把手拭过脸。“不，莎夏，”他说，声音有点改变，“再等一会。”

半点钟后亚历克山得拉·巴夫洛夫娜又来门边。

“密哈伊罗·密哈伊里奇在这里，”她说，“你要见他么？”

“好，”服玲萨夫回答，“请他上来。”

列兹尧夫进来。

“什么事，你不舒适么？”他问，在沙发旁边的一张椅子上坐下。

服玲萨夫欠身起来，斜靠在肘上，在他的朋友的脸上久久地望了一眼，于是一字不漏地把他和罗亭的对话全部告诉给列兹尧夫。他以前从来不曾对列兹尧夫提起对于娜泰雅的感情，虽则他猜想这于他并不是秘密。

“好，兄弟，你惊了我！”当服玲萨夫说完这故事时，列兹尧夫说。“我盼待着他有什么出奇的事做出来，但是这未免——然而在这里面我仍旧看得他出来。”

“凭我的信誉起誓！”服玲萨夫喊道，非常奋兴，“这实在是一种侮辱！怎的不，我几乎要把他掼出窗口去。他是向我夸口呢，还是他怕？这是什么目的？怎样他会起了这样的主意跑到一个人——？”

服玲萨夫把手抱在头上，不说话了。

“不，兄弟，这不是的，”列兹尧夫很平静地回答；“你会不相信，但是真的，他的动机是好的。是的，真的。你看得出来么？无疑地，这样才是宽大、亢直，才能给他一个讲话的机会，显出他的漂亮的言词，当然，这就是他所需要的，没有它便不能生活。呵，他的口舌便是他的仇敌，虽则也是他的得力的仆人。”

“他进来说话的时候是多么严重的神气，你想不到！”

“对，不是这样他便什么都不能做。他把他的外套扣得整整齐齐的好像要尽一桩神圣的义务一样。我真想把他放在一个荒岛上，躲在一只角里看他怎样动作。而他是大谈其单纯朴素的。”

“但是告诉我，亲爱的朋友，”服玲萨夫问，“这是什么？是哲理还是什么？”

“我怎样告诉你？一方面这是哲理，我敢说，在另一方面又是完全不同的东西。把什么傻劲儿都当做哲理，这是不对的。”

服玲萨夫望着他。

“那么他撒谎么？你想？”

“不，我的孩子，他没有撒谎。但是，你知道，关于他我们已经说得够了。让我们点起烟斗，叫亚历克山得拉·巴夫洛夫娜进来。她和我们一起的时候，我们说话要容易些，要静默也容易些。她可以替我们预备一点茶。”

“很好，”服玲萨夫回答。“莎夏，请进来，”他高声地喊。

亚历克山得拉·巴夫洛夫娜进来，他握住她的手，很热情地压放在自己的唇上。

罗亭回去，脑筋在奇异的紊乱的状态中。他对自己发恼了，他责备自己，责备他的不可原谅的鲁莽，孩子气的冲动。有人说得好：没有比自己意识到做了什么傻事更痛苦的了。

罗亭被悔恨吞噬着。

“什么鬼主意骗使我，”他在齿缝间喃喃道，“去会见这家伙！这是什么想头！只是自求侮辱！”

但是在达尔雅·密哈伊洛夫娜的家中有什么异常的事情发生了。女主人整个早晨都没见，也没有来吃晚餐；她头痛，柏达列夫斯基传言说，只有他一个人被允许进她的房间里去。娜泰雅呢，罗亭也很难得见她一面；她和彭果小姐一起坐在自己的房里。当她在晚餐席上遇见罗亭时，悽然望了他一眼，他的心都沉下去了。她的脸改变了，好像自从昨天起有一种悲哀的重负压着她。罗亭也为了将有什么变故发生的模糊的预感开始感到悲戚。为要排遣他的愁思，他便去找巴西斯它夫，和他谈了很多，发现他是一个热情的恳切的孩子，满怀着热情的希望和不渝的信仰。晚上，达尔雅·密哈伊洛夫娜在客室里出现了几个钟头。她对罗亭很客气，但是有几分和他疏远，笑着，皱着眉头，打鼻孔里说话，比平时更富暗示。处处她都有社交场中宫廷贵妇人的神气。最近她似乎对罗亭冷淡了。“这秘密是什么？”他想，斜眼望着她骄傲地抬着的头。

他等不了多久便得到这谜的答案，当他晚上十二点回到房里的时候，有什么人突然把一张字条摔在他的手里。他向四周一望，一个女孩子在远处急急地跑过去，娜泰雅的女用人，他猜。他跑到房间里，把仆人喊出去，撕开信，读着娜泰雅手书的几行字：——

请你明天早晨七点钟，不要太迟，到阿夫杜馨池来，在槲树林的那边。别的时候是不可能的。这是我们最后的会面，什么都完了，除非……来罢，我们必得决定。

又及：假如我不来，这意思便是说我们将不能再见了。那时我会通知你。

罗亭把这信在手里翻来覆去，默默地想着，于是把它放在枕头底下，脱了衣服，睡下去。很久他没有睡着，于是微微的一忽，他醒来的时候，还不到五点钟。

九

阿夫杜馨池，娜泰雅指定那儿附近做约会的地点的，很久便不成其为一个池了。三十年前，堤岸崩了，水流出去，从此便被废弃。只有原先一片淤泥结成平坦的池底的洼穴，和依稀可辨的堤岸的痕迹，令人想起这曾经是一个池子。池的附近原有一所田庄，也在很久以前便坍毁了。仅有巨松两株，留存一些记忆而已。风永远在松树的修长苍绿的高枝凄其地悲啸着。流传于人们中间的神秘传说，说是在这松树的底下曾做过可怕的罪恶；他们时常说，假如其中有一株树倒下来，一定要杀死什么人的；从前还有第三株，被一阵暴风吹倒，压死了一个女孩子。这古池附近的一带说是常常有鬼灵出现；这里青草不生，满片荒凉，就是天气好的时候，也暗黑阴惨——附近一座年代古远满是枯死的槲树的森林，衬得更加阴暗惨淡了，几株大树从低矮的灌木丛中好像疲乏了的巨灵抬起它的灰色的头脸。光景凶恶怕人，有如阴险的老人，聚在一起商量什么恶魔的计划。一条几乎难辨的狭径在这近旁迤逦通过，假如没有紧急的事由，人们是不会到阿夫杜馨池附近去的。这池离达尔雅·密哈伊洛夫娜的家约有一英里半远。

罗亭到阿夫杜馨池附近的时候，太阳已经出来有好一会儿了。这并不是晴朗的早晨。乳色的浓云遮满了天空，被呼啸的悲号的风驱逐着。罗亭沿着长满牵裳缀襟的牛蒡草和斑黑的野荨麻的堤岸走来走去，心在忐忑不安。这些晤谈，这些新的感情于他有几分喜悦，但又恼了他，尤其是读了昨晚那封信之后。他预感到末日临近了，精神上暗暗在烦恼，虽则看他双手抱在胸前，望着四周，带着凝神集虑的坚决的样子，想不到他有这种心事。毕加梭夫有一次说得真对，说他像一个中国的塑像，头总是太大了，因之失却全身的平衡。但是一个人只凭着头脑，无论它如何厉害，是连自己曾经想过什么东西都难知道的……罗亭，明敏聪慧的罗亭也不能肯定说他是否真爱娜泰雅，是否在痛苦着，是否将会感到痛苦，假如离开了她。既然他一点也没有玩玩恋爱把戏的初意——这一层是相信得过的——那么为什么他去逗动那可怜的女孩子的心呢？为什么他怀着秘密的战栗等待着她？对于这些问题唯一的解答便是没有比薄情的人更容易失去主意的了。

他在堤上走来走去，同时娜泰雅踏着润湿的草，一直穿过田野，急急地向他跑来。

“娜泰雅·亚历舍耶夫娜，你的脚会弄湿了！”她的女仆说，几乎赶不上她。

娜泰雅没有听，也没看四周，向前跑着。

“啊，假如他们看见我们！”马夏（女仆的名字）喊道；“真的，真奇怪的我们怎样会从屋子里跑了出来！……彭果小姐也许会醒来。……谢谢天，亏得还不远……呵，先生已经在等着了，”她接着说，突然看到罗亭长大的身躯，宛如入画地站在堤上；“他站在这高墩上做什么——他应该隐藏在池洼里。”

娜泰雅站住了。

“在此地等一等，马夏，在这松树旁边。”她说，跑到池旁去。

罗亭迎上她；他突然惊愕地站住。在她的脸上他从来没有看到过这样的表情。她的眉蹙拢来，嘴唇紧闭着，眼睛坚定地一直望着前面。

“德密特里·尼哥拉伊奇，”她说，“我们没有时间可浪费。我来只能有五分钟。我须得告诉你我的母亲什么都知道了。前天柏达列夫斯基看到我们，把我们的约会告诉了她。他时常是妈妈的侦探。昨天她叫了我去。”

“天哪！”罗亭喊道，“这是可怕的……你的母亲说些什么？”

“她并没有对我生气，她没有骂我，但是她责备我缺少审慎。”

“就是这样么？”

“是的，她宣称宁愿看到我死而不愿看到我做你的妻子！”

“她这样说是可能的么？”

“是的；她还说你自己也不想要和我结婚，你只是和我调情，因为你无聊，说是她不曾料到你会这样；但这都是她自己不好，让我和你见面得太多……说是她相信我聪明懂事，说是我这番使她惊异了……还有，我现在不记得她对我所说的一切。”

娜泰雅用一种平的、几乎没有表情的声音说这些话。

“你，娜泰雅·亚历舍耶夫娜，你回答些什么呢？”罗亭问。

“我回答什么？”娜泰雅重复一句，“现在你想怎样办呢？”

"天哪！天哪！"罗亭回答，"这是残酷的！这样快……这突然的打击！……你的母亲是这般生气么？"

"是的，是的，她听都不要听到谈起你。"

"这是可怕的！你以为没有希望了么。"

"没有。"

"为什么我们这样不幸！这可憎的柏达列夫斯基！……你问我，娜泰雅·亚历舍耶夫娜，我怎样办？我的头在打转了——我什么都想不通……我只感觉到我的不幸……我很奇怪你能够这样地保持镇定！"

"你想我心里是好过的么？"娜泰雅说。

罗亭开始在堤岸上走。娜泰雅眼睛不离开他。

"你的母亲没有问你？"他终于说。

"她问我是否爱你。"

"唔……你呢？"

娜泰雅静默了一刻。"我说了真话。"

罗亭握住她的手。

"永远是，不论什么事情上面，都是宽厚、心地高洁的，哦，女孩子的心——这是纯金！但是你的母亲真的是这般绝对地声明我们的结婚的不可能性的决心么？"

"是的，绝对的。我已经对你说过；她相信是你自己不想和我结婚。"

"那么她把我看做一个负义的人！我做了些什么，配受这猜疑呢？"罗亭把他的头抱在手里。

"德密特里·尼哥拉伊奇！"娜泰雅说，"我们把时间耽误了。记得，这是我最后一次见你。我来这里不是为了哭，不是为了诉苦——你看我并没有流泪啊——我是来征求你的意见。”

“我有什么意见可以给你，娜泰雅·亚历舍耶夫娜？”

“什么意见？你是男子；我一向信任你，我要信任你到底。告诉我，你的计划是什么？”

“我的计划……你的母亲当然要把我赶出去。”

“也许是的。昨天她告我她要和你断绝一切来往……但是你不回答我的问题么？”

“什么问题？”

“你想我们现在应该怎样做？”

“我们应该怎样做？”罗亭回答，“当然服从。”

“服从，”娜泰雅慢慢地复一句，她的嘴唇变白了。

“服从命运，”罗亭继续说。“此外还能够做些什么呢？我很知道这是多么酸辛，多么痛苦，多么难忍。但是你自己想一想，娜泰雅·亚历舍耶夫娜，我是穷的。固然我可以做工，但是就算我是一个有钱的人，你能够忍受和你的家庭破裂，忍受你母亲的怒么？……不，娜泰雅·亚历舍耶夫娜，简直连想都用不着想。这是很明显的，我们是命里注定不能生活在一起，我所梦想的幸福是非我所有的！”

突然娜泰雅把脸藏在手里，开始哭起来。罗亭跑近她。

“娜泰雅·亚历舍耶夫娜！亲爱的娜泰雅！”他带着温情说，“不要哭，看上帝面上，不要磨折我，宽心些罢。”

娜泰雅抬起头来。

“你要我宽心些，”她说，她的眼睛在泪中发光；“我并不是为了如你所设想的那些理由而哭——对这我一点也不悲哀；我悲哀的是我受了你的骗……什么！我是来求你的意见的，在这个时候！而你的第一句话是服从！服从！这就是你所谈的独立、牺牲的解释么，这些……”

她的声音咽住了。

“但是，娜泰雅·亚历舍耶夫娜，”罗亭不知所措地说，“记得——我并不是不忠于我的话——只是——”

“你问我，”她以新的力量继续说道，“我用什么话来回答我的母亲，当她声明说是她宁愿我死而不同意我和你结婚的时候；我回答说是我宁愿死而不愿另嫁给别人……而你说‘服从’！她一定是对的了；你一定，因为没有事做，因为无聊，和我来闹玩意儿。”

“我向你发誓，娜泰雅·亚历舍耶夫娜——我向你保证。”罗亭分辩说。

但是她没有听。

“为什么你不阻止住我？为什么你自己也不——或者你是没有料想到阻碍么？我说这话很惭愧——但是我看现在一切都成过去了。”

“你得静一静，娜泰雅·亚历舍耶夫娜，”罗亭说，“我们须得共同商量一下有什么方法——”

“你时常说牺牲自己，”她插口道，“但是你知道么，假使你今天立刻对我说‘我爱你，但是我不能和你结婚，我不担保将来，把你的手给我，跟我来罢。’你知道么？我会跟你来，你知道么？我会冒一切危险！但是说话和行为是这样大不相同，现在你是害怕了，正如前天在晚餐席上怕服玲萨夫一样。”

红潮上了罗亭的面颊。娜泰雅的出乎意料的力量惊了他，但是她最后的一句话伤了他的虚荣心。

“现在你是太愤怒了，娜泰雅·亚历舍耶夫娜，”他说，“你想不到你如何尖酸地伤了我。我希望时间过后你会了解我；

你会懂得我放弃了这你自己承认于我并无任何义务的幸福是费了如何代价。你的平安比世上的一切于我更形宝贵，我将成为人类中最卑贱的人，假如我利用机会——”

“也许是的，也许是的，”娜泰雅打断了他的话，“也许你是对的；我不知道我在说些什么。但是直到现在我是相信你，相信你所说的每一句话。……将来，请你守住你的话罢，不要随随便便地任意地瞎说。当我对你说‘我爱你’的时候，我知道这句话的意义；我准备一切。……现在，我只谢谢你给了我一个教训——和你说声再会。”

“住罢，看上帝面上，娜泰雅·亚历舍耶夫娜，我恳求你。我不该受你的侮蔑，我向你发誓。试把你自己处在我的地位想一想。我要对你和我自己负责任。假如我不以至忠诚的爱来爱你——天哪！我应该立刻便怂恿你和我逃走……迟早有一天你的母亲会原谅我们——那时候……但是在打算到我自己的幸福之前……”

他住口了。娜泰雅的眼睛一直盯住他，使他迷乱了。

“你想对我证明你是有信谊的人，德密特里·尼哥拉伊奇，”她说，“我并不怀疑。你是不能不盘算利害而做事的；但是我需要相信这些么？我是为这而来的么？”

“我没料到，娜泰雅·亚历舍耶夫娜——”

“啊！终究你说出来了！是的，这些你都不曾料到——你不认识我。不要不安……你不爱我，我再也不强迫我自己去爱任何人。”

“我爱你的！”罗亭喊道。

娜泰雅身子挺一挺。

“也许是的；但是你怎样爱我呢？记住你所说的一切话，

德密特里·尼哥拉伊奇。你告诉我：‘没有完全平等便没有爱。’……你之于我是太高超了，我配不上你……我罚有应受。在你的面前还有许多更有价值的义务。我将不会忘记今天……再会。”

“娜泰雅·亚历舍耶夫娜，你去了么？难道我们就像这样地分开么？”

他伸手向她。她站住了。他的求恳的声音使她犹豫了。

“不，”她终于说了出来，“我觉得在我的心里有什么东西碎了……我来这里，我好像疯狂了的一样和你说话；我必得定神想一下。这是不可能的，你自己说过，这一定不可能的。天哪，我出来到此地的时候，我心中暗暗已和我的家庭告别，和我的过去告别——什么？我在此地遇见了什么人？——一位懦夫。……你怎样知道我不能忍受和我的家庭脱离呢？‘你的母亲将不答应……这是可怕的！’这就是我从你的口里所听到的一切，是你，你，罗亭？——不！再会……呵！假如你爱我，我将会在‘此刻’感到，在这一刻……不，不，再会！”

她很快地转身向马夏跑去，马夏已经开始不安起来，很早便在向她做手势了。

“是‘你’怕，不是我！”罗亭在娜泰雅背后喊。

她没有理他，穿过田野赶快地跑回家去。她回到自己的卧室，但是一跨进门槛，便气力不加，昏倒在马夏的臂上。

但是罗亭仍旧在堤岸上站了好久。终于他浑身打了一个寒噤，以迟缓的脚步踏上那条小径，静静地沿着它走。他是深深地羞赧了……受伤了。……“何等的女孩子！”他想，“十七岁！……不，我不了解她！……她是一个特异的女孩子。何等强的意志！……她是对的！她配受较之我对她所感到的另一种爱。我对她感到？……”他自己问自己。“我已经感到不爱她，这是可能的么？那么事情就这样结束了！在她的旁边我是一个多么可怜的流氓！”

一辆竞赛马车的轻微的辚辚的声音使罗亭抬起头来。列兹尧夫赶着他的永不更换的竞赛小马迎面而来。罗亭没有开口，向他点一点头，好像突如来了一个想念，他折向路的一边，急急地向达尔雅·密哈伊洛夫娜的家的方向走去。

列兹尧夫让他过去，望着他的背影，想了一想，拨转马头，赶回服玲萨夫的家。他昨晚就在那里过夜的。他见他还睡着，吩咐不要把他惊醒，自己坐在走廊上等茶喝，吸着烟斗。

十

服玲萨夫十点钟起身。听到列兹尧夫坐在走廊上，他很惊讶，叫人把他请进房里来。

“碰到什么事情？”他问。“我想你是赶着车子回家去了。”

“是的，我这样想，但是我遇见罗亭……他带着失神的脸色在田野中徜来徜去，所以我立刻折回来了。”

“因为你碰到罗亭所以便回来么？”

“这就是说——说真话，我自己也不知道为什么跑回来，我想是因为惦记起你；我要和你在一起，在我需要回家之前我还有很多的时间。”

服玲萨夫酸苦地一笑。

“是哟，人们不能想起罗亭而不想到我……仆欧！”他粗鲁地喊，“拿茶来。”

两位朋友开始喝茶。列兹尧夫讲到农业上的事情——用纸料来盖造谷仓的新方法……

突然服玲萨夫从椅子上跳起来，用力打着桌子，打得杯子碟子都玲琅响起来。

“不！”他喊到，“我不能再容忍了！我要把这位聪明人喊出来，让他拿枪来打我——至少我要试试送一颗子弹到他的有学问的脑子里去！”

“你说些什么？”列兹尧夫咕哝道，“你怎样能够喊得这样？我烟斗掉了……什么事啦！”

“事情是这样，我听到他的名字便要冒火；这使我的血液都沸腾了！”

“住口，亲爱的朋友，住口，你不羞么？”列兹尧夫接着说，从地上拾起烟斗。“由他！让他去罢！”

“他侮辱了我，”服玲萨夫在室内走来走去，继续道，“是的，他侮辱了我。你也得承认。起先我没有觉察到，他是出其不意地来，谁能够料得到这层呢？但是我要给他看看他不能把我当做傻子……我要枪杀他，这该死的哲学家，好像枪杀一只鹧鸪。”

“这样有什么上算，真的！我现在姑且撇开你的姊姊不谈……我看你是兴奋了……你想你的姊姊怎样办呢！至于和另一个人的关系——什么！你以为你把哲学家杀死了，你就能把你的机会改善一些？”

服玲萨夫把身子倒在椅子上。

“那么我须得到什么地方跑一跑！在此地我的心简直被苦痛压毁了；只是我找不到地方去。”

“跑开去……这是另一回事！我倒赞成。你知道我还有什么提议么？让我们一同去——到高加索，或者简直就到小俄罗斯去吃团子。这是顶好的想头，亲爱的朋友！”

“是的，但是谁留在这里陪我的姊姊呢？”

“为什么亚历克山得拉·巴夫洛夫娜不可以和我们一同去？天哪！这将是愉快的。至于照料她——是的，我来担任！一定不会缺少什么；假如她高兴的话，我每天晚上可以在她的窗下预备一支夜歌；我用香水洒在马车夫的背上，用花撒满道路。而你我都成了单纯的新的人，亲爱的孩子；我们将娱乐自己，我们回来的时候，体胖心怡，抵御得住爱情的冷箭了！”

“你惯会说笑，密夏！”

“我并不说笑。这是你的绝妙的想头。”

“不，废话！”服玲萨夫又喊起来。“我要和他决斗，我要和他决斗！……”

“又来了！多么地发怒啊！”

一个仆人进来，手里拿着一封信。

“谁寄来的？”列兹尧夫问。

“罗亭，德密特里·尼哥拉伊奇，拉苏斯基的仆人送来的。”

“罗亭？”服玲萨夫重说一句，“给谁？”

“给你。”

“给我！……拿来。”

服玲萨夫拿了这封信，很快地扯开，开始读。列兹尧夫很注意地望着他；一种奇异的，几乎是快乐的惊讶浮上服玲萨夫的脸；他双手一放，垂在身旁。

“什么？”列兹尧夫问。

“读它。”服玲萨夫低声地说，把信递给他。

列兹尧夫开始读。这就是罗亭所写的。

先生——

今天我要离开达尔雅·密哈伊洛夫娜的家，永远离开。这当然会使你惊奇，尤其是在昨天经过的事情之后。我不能向你解释为什么我必得要这样做的正确的原因；但是在我想来是有几分理由应该让你知道我的离开。你不欢喜我，甚至于把我当做坏人，我并不想替自己分辩；时间会替我分辩的。在我的意见，要向一个怀有成见的人证明他的成见的不公允，在一个男子是不屑为而且是无益的。想要了解我的人不会责备我，不想了解我或不能了解我的，他的咒诅不会使我痛苦。我看错了你了。在我的眼里你依然是和从前一样的一位高贵的可敬的人，但是我以为你也许会比你长育其间的环境高出一头。我错了。这算什么？在我的经验中，这不是初次也不是最后一次。我再向你说一遍，我去了。我祝你快乐。请承认这祷祝是完全没有自私的，我希望现在你将能快乐。也许时间过后，你会把你对我的观念转变。我们是否再得遇见，我不知道，但是不管怎样我仍是你的忠实的幸福祝愿者。

罗亭

又及，我欠你的两百卢布，等我到了T省田庄的时候直接寄来还你。还有我请求你不要对达尔雅·密哈伊洛夫娜说起这封信。

又又及，还有一个最后的，但是重要的要求；既然我就要离开，我希望你在娜泰雅·亚历舍耶夫娜的前面不要提起我来拜访过你的一回事。

“好啦！你怎么说？”列兹尧夫读完信之后，服玲萨夫跟着便问。

“叫人怎么说？”列兹尧夫回答，“像回教徒一样喊‘阿拉！阿拉！’[1]张口结舌地惊奇地坐着，这便是所能做的一

① 阿拉（Allah），回教的“神”。——译者注。

切……好，走得真好！但是，奇怪；你看，他想这是他的‘义务’要写这封信来给你，他来看你也是为了‘义务’的观念……这些先生们每步都不忘‘义务’，他们总是负着什么‘义务’！……或者负着债务！”列兹尧夫说，带着微笑指着信后的附言。

“他的词句多么婉转！”服玲萨夫喊道，“他把我看错了。他希望我能够比我的环境高出一头。何等的谵语！天哪！这比诗还要坏！”

列兹尧夫没有回答，但是他的眼睛在眯笑着。服玲萨夫站起来。

“我要到达尔雅·密哈伊洛夫娜的家去，”他声明道，“我要去找出这是什么意思。”

“等一等，亲爱的孩子，给他时间起身。又跑去和他冲突起来有什么好处，他去隐起来了，好像是。你还要怎样？还是进去躺一躺，稍为睡一睡的好；昨晚你辗转了一整夜，我想。但以后百事都一帆风顺了。”

“你从何得到这结论？”

“哦，我这样想。去睡一睡，我去看你的姊姊，我陪她。”

“我一点也不想睡。要我到床上去是什么目的？我宁愿出外到田野里去。”服玲萨夫说，披上他的外衣。

“好，这也是很好的一回事。去罢，看一看田野！……”

列兹尧夫自己跑到亚历克山得拉·巴夫洛夫娜的房里去。他在客室里遇见她。她欢天喜地地欢迎他。他来的时候她总是高兴的，但是她的脸色有点忧愁。她为了昨天罗亭的拜访感到不安。

“你看到我的兄弟么？”她问列兹尧夫，“今天他怎样？”

“很好，他到田野里去了。”

亚历克山得拉·巴夫洛夫娜一会子没有说话。

“请你告诉我，”她开始说，恳切地凝望着衣袋里手帕的角，“你知不知道为什么……”

“为什么罗亭到此地来？”列兹尧夫接上去，“我知道，他是来道别的。”

亚历克山得拉·巴夫洛夫娜抬起她的头。

“什么？来道别！”

“是的。你听到么？他要离开达尔雅·密哈伊洛夫娜的家了。”

“他要离开？”

“永远离开，至少他这样说。”

“但是，请你说，这终究？怎样解释……”

“哦，这是另一回事！要解释是不可能的，但事情是这样。他们中间一定有什么事故发生了。他把弓弦拉得太紧，断了。”

“密哈伊罗·密哈伊里奇！”亚历克山得拉·巴夫洛夫娜说，“我不懂；你在和我开玩笑，我想。”

“不，真的！我告诉你他走了，甚至写信让他的朋友们知道。我敢说这是好的，从某一个观点看来；但是他的离开把我刚和你的兄弟谈起的一个惊人的计划阻住不能实现了。”

“你说的是什么意思？什么计划？”

“什么，我建议给你的兄弟说我们旅行去，散散他的心，你也要一道去。特别来照顾你的是我自己负……！”

“这是一等！”亚历克山得拉·巴夫洛夫娜喊道。“我可以猜想到你怎样来照顾我。好啦，你会让我饿死的。”

“你这样说，亚历克山得拉·巴夫洛夫娜，因为你不知道我。你想我是一个完全的笨伯，一块木头么？但是你知不知道我也会像糖一般地溶化了，跪在膝盖上过一整天呢？”

“我倒欢喜看看这样，我真想说！”

列兹尧夫突然站起来，“好，嫁给我，亚历克山得拉·巴夫洛夫娜，你便可以看到了。”

亚历克山得拉·巴夫洛夫娜脸红到耳朵根。

“你说什么？密哈伊罗·密哈伊里奇？”她在昏乱中喃喃地说。

“我说这很久我就想说的，”列兹尧夫回答，“在我的舌尖上说了一千遍了。终于给我说了出来，假如你想来这样顶好，你便这样做。但是现在我要跑开去，这样省得你为难。假使你愿意做我的妻子……我要跑开去了……假使你并不欢喜这个意见，你只要叫人来喊我进来；我会懂得的……”

亚历克山得拉·巴夫洛夫娜想把列兹尧夫留住，但是他很快地跑开去了，跑到园子里去，帽子都没戴，他斜靠在一扇小门上，眼睛向四周望着。

“密哈伊罗·密哈伊里奇！”他后面的女佣人的声音，“请你到我的太太这里来。她叫我来喊你。”

密哈伊罗·密哈伊里奇回过头来，出其不意地双手捧住女孩子的脸，吻一下她的前额，于是跑到亚历克山得拉·巴夫洛夫娜那里去。

十一

罗亭回家来——在碰见列兹尧夫之后——把自己关在房里，写了两封信；一封给服玲萨夫（读者已经知道的），另一封给娜泰雅，他在第二封信上费了不少时间，涂了很多，窜改了很多，然后仔仔细细地抄在一张精美的信笺纸上，褶得很小很小，把它放在衣袋里。脸上带着苦痛的样子，他在房间里来来往往地走了好几趟，坐在窗前的一张椅子上，用手臂支着身子；一滴眼泪从他的眼眶里慢慢地淌出来。突然他站起来，把衣钮扣好，喊仆人上来，叫他去问一问达尔雅·密哈伊洛夫娜，他能不能去看她。

仆人很快地回来，回答说达尔雅·密哈伊洛夫娜很高兴见他。罗亭便到她那里去。

她在闺房里接见他，正是两个月以前，第一次接见他的地方。但是现在她不是一个人；柏达列夫斯基坐在她的旁边，永远是谦逊的，潇洒的，整洁的，态度娴雅的。

达尔雅·密哈伊洛夫娜和蔼地接见罗亭，罗亭也很谦和地向她行礼：但是一瞥眼看到他们两个人的笑脸，就是缺少经验的人也会懂得在他们中间是有什么不快的事情发生过的，即使没有表示出来。罗亭知道达尔雅·密哈伊洛夫娜在恼他。达尔雅·密哈伊洛夫娜也猜疑他现在对一切曾经发生过的事情都知道了罢。

柏达列夫斯基的告密使她大大不安。这一点触犯了她的浮俗的骄傲。罗亭，一个没有爵位的穷汉子，直到现在也没有什么名望，竟敢妄想和她的女儿——达尔雅·密哈伊洛夫娜的女儿——作秘密的约会。

“作算他是聪明人，是一个才子！”她说，“这算得什么？要是这样，那么不论什么人都可以做我的女婿了。”

“很久的工夫我不相信我自己的眼睛，”柏达列夫斯基说，“我很奇怪他不明白他自己的地位！”

达尔雅·密哈伊洛夫娜很激动，娜泰雅因此受罪着。

她请罗亭坐下。他坐下来，但是不像往日的几乎是屋子里的主人的罗亭，甚至于也不像一个老朋友，而是一位客人，一位不很亲密的客人。这些都在一霎时间发生的……水是突然变成固体的冰了。

“我来，达尔雅·密哈伊洛夫娜，”罗亭开始说，“是为了谢谢你款待的盛意。今天我接到从我的小小的田庄发来的一点消息，是绝对地需要我在今天即刻动身。”

达尔雅·密哈伊洛夫娜注意地望着罗亭。

“他先摸到我的心思了；这一定是因为他起了什么疑心，”她想。“他避免了一个不快的解释。最好也没有。呵！永远是聪明人！”

“真的？”她高声地回答。“啊！多使人失望！好，我想这也无法。我希望今冬在莫斯科能看到你。我们不久便要离开此地。”

“我不知道，达尔雅·密哈伊洛夫娜，我能不能到莫斯科，但是，假如我做得到，我将视做是一种应尽的义务来拜见你。”

“啊哈，我的好先生！”柏达列夫斯基在想，“不久之前你在此间的行为举止像煞一个主人，现在你是在怎样说啊！”

“那么我猜想也许你从你庄子得到了一个不满意的消息？”他说，带着习惯的轻易。

“是的。”罗亭干涩地回答。

“田稼收成不好么，我猜？”

“不是，别的事。相信我，达尔雅·密哈伊洛夫娜，”罗亭继续说，“我将永不忘记在你的家里所过的日子。”

“我，德密特里·尼哥拉伊奇，也将时常快乐地回忆起我们的友谊。你什么时候动身呢？”

“今天，晚餐后。”

“这样忽促！……好，我祝你一路平安。但是，假使你的事务不勾住你，也许你可以在此地再见我们。”

“我将难得有时间。”罗亭回答，站起来。“原谅我，”他又说一句，“我不能立刻偿还你的借款，但是我一到家——”

“废话，德密特里·尼哥拉伊奇！”达尔雅·密哈伊洛夫娜直截打断他的话。“我很奇怪你说这话不害羞！……现在几点钟了？”她问。

柏达列夫斯基从背心袋子里掏出一只瓷面的金表，把玫瑰色的下巴在他的坚挺的雪白的硬领上弯下来，仔细地看了一下。

“两点三十三分。”他报告。

“是梳妆的时候了，”达尔雅·密哈伊洛夫娜说，“目下，暂时再见，德密特里·尼哥拉伊奇！”

罗亭站起来。他和达尔雅·密哈伊洛夫娜谈话的全部都有一种特殊的性质。一般无二的好像戏子在复习他们的剧词，又好像外交官在交换他们的择字谨严的句子。

罗亭跑开了。他现在由经验知道交际场中的男子们和女子们就是和对于他们再也没有什么用处了的人也不曾破脸，只是让他掉了下去，好像跳舞会后的手套，好像包糖果的纸片，好像不中彩的奖券。

他很快地把行李收拾起来，不耐烦地等着动身的时刻。听到他打主意要离开，一家人个个都惊讶了；连仆人们也以迷惑的神气望着他。巴西斯它夫隐不住他的悲伤了。娜泰雅明显地在避开罗亭。她试想不去碰见他的眼睛。可是他终于把信送到她的手里。晚餐后达尔雅·密哈伊洛夫娜重申一遍说她希望在她们未去莫斯科之前能够再看到他，罗亭没有回答。柏达列夫斯基对他比任何人都谈得多。有好几次罗亭真想要扑上去，在他的玫瑰色的得意洋洋的脸上掴一下耳光。彭果小姐时常用一种她眼睛里的特别的偷偷的表情瞥着他，在一只老猎狗的脸上有时可以看到这同样的表情。

“啊哈！”她好像对她自己在说，“你被捉住了！”

终于六点钟响了，罗亭的车子到了门口。他开始和大家匆匆地告别。他心里觉得一种透心的嫌恶。他不曾料到会这样地离开这屋子，好像他们把他赶出去似的。“是何等样的走法！这样匆忙的目的是什么？可是，还是这样比较好。”当他带着勉强的笑向着各方打躬的时候他这样想着。最后一次他望见娜泰雅，他的心悸动了；她的眼睛落在他的身上，以一种悲哀的、责备的告别。

他急速地走下石阶，跳进车子里，巴西斯它夫要求陪他到第二个车站，他坐在他的身边。

“你记得么，”马车从庭院中出到杉木夹道的大路上的时候，罗亭开始说，“你记得唐吉诃德离开公爵夫人的宫殿的时候对他的仆人怎样说？‘自由，’他说‘我的朋友桑佐，自由是人的最宝贵的财产，能不仰赖别人而有上帝赐他一片面包的人是幸福了！’唐吉诃德在那时所感到的，现在我也感到了……愿上帝赐恩，我的亲爱的巴西斯它夫，你也有一天会体验到这感觉！”

巴西斯它夫紧压着罗亭的手，这位诚实的孩子的心是因了感情强烈地跳动着。他们一路谈着到了车站，罗亭说起人的尊严，真实的独立自由的意识。他说得高尚地、热情地、公正地，在分手的当儿，巴西斯它夫禁不住扑倒在他身上，挽住他的头颈呜咽起来。罗亭自己也落泪了，但是他并不是因为要离开巴西斯它夫而落泪。他的眼泪是为了受伤的自尊心而流的。

娜泰雅跑回她自己的房间，读着罗亭的信。

“亲爱的娜泰雅·亚历舍耶夫娜，”他写，

我决定离开了。更没有别的路可走。我决定在未曾明明白白被逐之前离开，我离开后，所有的困难将会终结，也不会有人来惋惜我。我还期待些什么呢？……老是这样，但是为什么我要写信给你？

我也许就此永远离开你，在你的心上留下一个较我所应受的更恶劣的记忆，这于我是太痛苦了。这就是我为什么要写给你的原因。我并不想替自己辩解，也不想除了自己之外埋怨任何别人；我只想，在可能范围内，解释我自己……前几天的事情是这样地出乎意料，这样地突然……

我们今天的谈话对我是一课不忘的教训。是的，你是对的；我并没有了解你，而自作是了解你！在我的一生中我曾经遇见各色各样的人。我认识许多妇人，许多年青的女孩子，但是在你的身上，我初次遇见一个绝对真实的、正直的灵魂。这是我不常见的事，所以我不知道怎样合度地来尊重你。第一天和你相识，我觉得被你吸引住了；你也会觉察到的。我和你一起过了一个钟头又是一个钟头，而不了解你；甚至于不想来了解你——而我竟以为我爱你！为了这罪孽，我现在是受罚了。

曾有一次我爱上了一个女子，她也爱我。我对她的感情是错综复杂的，和她对我的一样；但是，因为她自己也不单纯，这于她倒好些。在那时候，“真实”不曾显示给我，现在“真实”呈献在我的面前，我不能认识它了。……终于我认识了，已是太迟。……已往的事是不能召回的。……我们的生命也许能够融合在一起，而现在将永不能融合了。我怎样向你证明说我也许是用真的爱——衷心的爱而不是一时的欢喜——来爱你的呢？当我自己还不知道我能不能有这一种爱的时候？

自然禀赋给我的很多。我知道，我不欲以虚伪的谦逊，来向你隐瞒，尤其在我是这样难堪这样屈辱的时候。……是的，自然禀赋给我的很多，但是我将碌碌而死，没有做一桩我的能力值得做的事，在身后不留一丝痕迹。我的所有的富藏将落空地耗散，我看不到我所播的种子的果实。我是缺少了什么。我自己不能确实地说我是缺少了什么。……当然的，我是缺少了什么，没有这便不能打动男子的心，或者整个地赢得女子的爱；率领人们的思想是浮移难定的，犹如率领地上的皇国也落不得好处。奇异的，几近乎滑稽的是我的命运；我想献出我自己——

切望地，整个地，为了某种事业——而我不能献出我自己。我将为了什么连我自己都不大相信的傻事或别的把自己牺牲作为了结……可怜！到了三十五岁还要做某种的准备！……

我以前从来不曾对什么人这样赤裸裸地披露过自己——这是我的招供。

但是把我说得够了。我将要说起你，贡献你一些意见；我对你是再也不能效劳了。……你是年青；但是尽你的一生，要顺随你的感情的冲动，不要受你的理智或别人的理智的钳驭。相信我，生活过得愈简单，范围愈狭，愈好；不要到新的方面去找伟大的事业，而生命各个阶段都要在一定的时间内臻于完整。‘在青年时年青的人有福了。’但是我看到这个劝告应用到我自己的身上比你倒更恰当些。

我承认，娜泰雅·亚历舍耶夫娜，我是很不幸。对于我在达尔雅·密哈伊洛夫娜心中所引起的感情的本质，我从来不信我的观察会有错误；我是希望着我至少找到一个暂时的家。……现在我又要听凭崎岖的世界的机遇的簸弄了。代替了你的谈话，你的亲身，你的注意而睿智的脸的将是什么？……我自己才该责备；但是请承认命运好像都是取给于我而来计划就这恶作剧的。一星期之前连我自己也一点也没有疑心到我在爱你。前天，在园里的夜晚，我第一次从你的唇上……但是为什么要使你记起你那时所说的话？既然我今天要走了。我含辱地走开，在和你作了一番残酷的解释之后，并没有携着希望……你不知道我负疚是如何的深，为了你。……我是这样糊涂而缺少涵养，有对人动辄吐露腹心的不良的习惯。但是为何要说这话？我既然要永远地和你离开！

写到这里，罗亭把他去会见服玲萨夫的事陈述给娜泰雅，但是一转念他把这段都擦去了，在给服玲萨夫的信上添了第二个附注。

世上只有我留着要献身于此我更有价值的别人的利益，像你今天早晨以尖刻的讥讽向我说的。可怜！……假使我真的得能为这些利益献身，假使我终于能克服我的惰性。但是不！我将到底仍然是一个充满缺陷的和从前一样的人……第一个阻碍……我便完全失败了；我和你的经过便把我表示出来。假如我是为了将来的事业和我的使命牺牲爱情，那也聊可自慰；而我却只是为了落在我身上的责任，畏难胆怯，所以我是真的配不上你的。我不配受你为了我和你的环境脱离……这一切，真的也许是最好的。从这经验，我也许会变成更坚强些更纯洁些。

愿一切幸福归你。再会！偶时想到我罢。我希望你仍能够听到我的消息。

罗亭。

娜泰雅让这信掉在膝上，很久地坐着不动，眼睛望着地面。这封信比什么话都清楚，证明她的话是对的。当今天早晨和罗亭分别的时候，她不由自主地喊出来说“他是不爱她的”，但这并不会使她宽慰些。她完全不动地坐着；好像没有一线光明的黑暗的波涛笼罩了她的头顶，而她冰冷而噤哑地沉到深底里去了。初度的幻象消失对于任何人都是痛苦的；但是对于一个诚实的心，极端厌恶自欺的，不解轻佻和夸大的心，这几乎是难堪了。娜泰雅记起她的儿时，怎样地，当她在傍晚散步的时候，她总是朝落日的方向走去，那边的天空有着光明；而不向另一半黑暗的天空，现在，生命是站在黑暗的面前，她把背朝向着光明了，永远地……

眼泪涌自娜泰雅的眼睛。眼泪不是时常携来安慰的。当，眼泪，在胸口中抽汲了许久之后，终于得流了出来，开始是急骤地，于是比较容易地，更柔和地，这种眼泪是能慰安的，有益的，哀愁的噤哑的痛楚因眼泪得减轻了……但是有一种冷的眼泪，很吝惜地流出来的眼泪，被推移不动的累坠的苦痛的重量从心头绞出来的一滴一滴的眼泪，它们不会安慰，不会消愁。可怜人便流这种眼泪，没有流过这种眼泪的人们还不能算是不幸的。娜泰雅今天懂得了。

两个钟头过去。娜泰雅重新打起精神，站起来，拭干眼泪，点起一枝蜡烛，把罗亭的信放在火中烧了，将纸灰抛出窗外。于是她随手翻开普希金的诗，读着最初入眼来的几行（她时常这样来占卜休咎的）。这就是她所看到的：

当他认识了他的痛苦，
旧日缠人的鬼灵便将不再临，
于他将不再有幻影，仅有悔恨
与记忆的蛇噬着他的心。

她停止了，带着冷峻的笑，在镜子里望一望自己，微微点一点头，跑到客室里去。

达尔雅·密哈伊洛夫娜看到她，叫她到闺房里去，将她坐在身边，爱抚地摸着她的颊。同时她注意地，几乎是带着奇异地，望着她的眼睛。达尔雅·密哈伊洛夫娜暗暗地困恼了，第一次她觉到她真的不了解她的女儿。当她从柏达列夫斯基口里听到她和罗亭约会的时候，以她的贤慧的女儿竟会取决这种步骤，她倒不见得怎样不高兴而比较惊异。但是当她将她喊来，开始责骂她——并不像我们所期想的一个欧洲有声望的贵妇人的说法，而是一种高声的俚俗的辱骂——的时候，娜泰雅坚决的回答，和她的眼光中以及动作中的决心，使她惘然不知所措而甚至于感到胁迫了。

罗亭的突然的完全不加解释的离开使她的心卸去重负，但是她希望会有眼泪，精神失常……娜泰雅表面的镇静又使她算料不着了。

“好，孩子，”达尔雅·密哈伊洛夫娜说，“今天你好么？”娜泰雅望着她的母亲。“他去了，你看……你的英雄。你知道他为什么这样快地决定离开么？”

“妈妈！”娜泰雅低声地说，“我说，假使你不提起他，你将永远不会从我口里听到他的名字。”

“那么你承认你是怎样错误地怪我么？”

娜泰雅低了眼睛复述一句：

“你将永远不会从我口里听到他的名字。”

“好，好，”达尔雅·密哈伊洛夫娜微笑地回答。“我相信你。但是前天，你记得，怎样地——啊，我们别提罢。一切过去了，埋葬了，遗忘了罢。对么？现在我又认识你了；但是在那时候我完全迷惑不解；好，吻我，像一个乖女儿！”

娜泰雅把达尔雅·密哈伊洛夫娜的手拿到唇边，达尔雅·密哈伊洛夫娜吻着她的低垂的前额。

“要常常听我的话。不要忘记你是姓拉苏斯基，是我的女儿，”她又说，“你将快乐。现在你去好了。”

娜泰雅默默地跑开。达尔雅·密哈伊洛夫娜望着她的背影，想：“她像我——她也会被感情带走的；mais elle aura moins d’abandon（但是她比较不放纵）。”于是达尔雅·密哈伊洛夫娜想起了她的过去……远久的过去。

于是她请了彭果小姐来，和她密谈了好久。当她辞去之后，又叫了柏达列夫斯基来。她想用各种方法去找出罗亭离开的真正原因……柏达列夫斯基终于完全地满足了她。这便是他的用处。

第二天服玲萨夫和他的姊姊来吃晚餐。达尔雅·密哈伊洛夫娜对他总是很和蔼的，但是这一次特别恳挚地欢迎他。娜泰雅觉得难堪的悲苦；但是服玲萨夫是这样的敬重她，这样低声下气地向她说话，使她在心中不得不感激他。那一天过得很平静，宁可说是烦厌的，但是在分手的时候大家都觉得他们都回复了旧秩序；这便是说很好，够好了。

是的，大家都回复到旧秩序——大家，除了娜泰雅。等到别人散后撇下她独自个儿的时候，她很困难地把自己拽到床上，疲倦而乏力地，倒下去，脸埋在枕头里。生命好像这样地残酷，这样地可憎，这样地鄙吝，为了她自己，为了她的爱，和她的哀愁，她是这样地可耻，在这个时候她真高兴去死。……以后还有许多的忧郁的日子，无眠的夜，和折磨的感情在伫候着她；但是她是年青——生命在她刚是开始，迟早些，生命的创伤自会平复的。不管是何种打击落在一个人的身上，他一定——恕用一句粗鲁的说法——要咽下去当天的日子或是至少第二天，这就是安慰的第一步。

娜泰雅可怕地苦痛着，她第一次苦痛着……但是第一个的悲哀，一如第一次的爱恋，不会再度来的——这该是，谢谢上帝罢！

十二

两年过去，又是五月初旬。亚历克山得拉·巴夫洛夫娜，不再姓黎宾而是姓列兹尧夫了，坐在屋前的走廊上；她和密哈伊罗·密哈伊里奇结婚已经一年有余。她依然是这般的可爱，近来只长得更结实了些。在走廊的前面，有一个梯级通到园子里去的，一个保姆在散步，手里抱着一个两颊玫瑰红的孩子，披着白斗篷，头上戴着白帽。亚历克山得拉·巴夫洛夫娜眼睛不住地望着他。孩子没有哭，只是很庄严地吮着指头，望望四周。他已经表示他是密哈伊罗·密哈伊里奇的肖子了。

在走廊上，靠近亚历克山得拉·巴夫洛夫娜，坐着我们的老朋友毕加梭夫。自从我们别开他后，他明显地长得苍老了，身子佝偻而瘦削，说话有点含糊；他的一个门牙掉了；这点含糊更增加了他的语气的粗重……他的怨怼并不曾随年龄减少，但是他的诙谐比较不生动，他时常自己复诵自己的话。密哈伊罗·密哈伊里奇不在家，他们在等他回来喝茶。太阳已经沉下去了。日没的一方，一道金黄色和柠檬色的辉光延展开在地平线上；对面的天空的一角，上边是浅灰色的，下面是紫红色的几条光彩。浮云在头上渐渐消散。一切都预示着好的天气。

突然，毕加梭夫喷出笑声来了。

“笑什么，阿菲利加·塞美尼奇？”亚历克山得拉·巴夫洛夫娜问。

“哦，昨天我听到一个农夫对他的妻子说——她正在喋喋不休——‘不要啼！’我非常欢喜这句话。说完了一句，女人能谈点什么呢？我从来不，你知道，讲眼前的人的。我们的祖先是比我们聪明得多。他们的故事里的美人总是坐在窗前，额角上饰着一颗星星，一句话也不说的。真应该是如此的。想一想！前天，我们的族长夫人——她也许会送一颗弹子到我的脑壳里去的！——对我说她不欢喜我的‘倾向！’‘倾向！’假如有什么仁惠的自然的法令把她的口舌的运用突然褫夺去，这不是更好些么？”

“哦，你老是这样，阿菲利加·塞美尼奇，你老是攻击我们可怜的……你知道这是一种不幸吗？真的，我替你可惜。”

“一种不幸！为什么你这样说？第一点，在我的意见，世上只有三种不幸：冬天住冷寓所，夏天穿紧靴子，和在有不能用扑粉使他安静的小孩子的叫哭声的房间中过夜；第二点，我现在是最平安的人。不消说，我是一个标准人物！你知道我的行为多合理！”

“好行为！真的！只是昨天伊里娜·安它诺夫娜对我诉苦。”

“好！她对你说些什么，假如我可以知道？”

“她告诉我说你一整个早晨都不回答她的问话，只是‘什么？’‘什么？’，老是同样的‘啼’声！”

毕加梭夫笑了。

“这倒是一个好主意，你容我说，亚历克山得拉·巴夫洛夫娜，嗳？”

“好极啦，真的！真的你能够这样粗暴地对待一个女太太么，阿菲利加·塞美尼奇？”

“什么！你把伊里娜·安它诺夫娜看做一位女太太么？”

“那么你把她看做什么？”

“一枚鼓，我说，一枚普通的拿槌子来敲的鼓。”

“哦，”亚历克山得拉·巴夫洛夫娜很想把话锋转过来，“他们告诉我应该庆贺你的一回事。”

“贺什么？”

“你的诉讼结束了。格林诺夫斯奇牧场是你的。”

“是的，是我的。”毕加梭夫黯然地说。

“好多年来你想得到它，而现在你好像不满意。”

“我向你保证，亚历克山得拉·巴夫洛夫娜，”毕加梭夫慢慢地说，“没有比来得太迟了的幸运更坏更有害的。它不能予以你快乐，而把你的鸣不平的咒天骂地的权利——宝贵的权利——褫夺了。是的，太太，这是残忍而侮辱的恶作剧——迟暮的幸福。”

亚历克山得拉·巴夫洛夫娜只耸一耸肩膀。

“保妈，”她说，“我想这是密夏睡的时候了。把他给我。”

当亚历克山得拉·马夫洛夫娜忙于料理孩子的时候，毕加梭夫跑开去，在走廊的另一只角上喃喃着。

突然间，在不远的沿着园子的大路上，密哈伊罗·密哈伊里奇赶着他的跑车出现了。两只大的守望狗跑在马的前面，一只黄的，一只灰的。这两条都是新近买来的狗。它们不时地互咬着，是分不开的伴侣。一只老猎犬从门里跑出来迎接它们。它把口一张，好像要吠的样子，但结果是打了一个呵欠。翻过头来，亲昵地摇着尾巴。

“看这里，莎夏。”列兹尧夫老远便对他的妻子喊，“看我把谁带来见你了。”

亚历克山得拉·巴夫洛夫娜一时认不出坐在她丈夫背后的人。

“啊！巴西斯它夫先生！”她终于喊出来了。

“是他，”列兹尧夫回答，“他带了这样好的消息来。等一会，你立刻便会知道。”

他把马车赶进院子里。

几分钟之后，他和巴西斯它夫一道跑到走廊上来。

“哈啦！”他喊道，抱住他的妻子，“塞莱夏要结婚了。”

“和谁？”亚历克山得拉·巴夫洛夫娜夫问，很激动地。

“和娜泰雅，当然。我们的朋友从莫斯科带这消息来，这是给你的一封信。”

“你听到么，密夏，”他把儿子抢在手里，继续说，“你的舅舅要结婚了？多该死的冷淡！还眯着眼睛佯作不知呢！”

“他要睡了。”保姆说。

“是的，”巴西斯它夫说，跑到亚历克山提拉·巴夫洛夫娜的前面，“我今天从莫斯科来，替达尔雅·密哈伊洛夫娜料理一点事——审核一下田庄的账项。这是他的信。”

亚历克山得拉·巴夫洛夫娜急急地拆开她兄弟寄来的信。里面只有很少的几行字。在初度的狂喜中他告诉他的姊姊说他对于娜泰雅作了一个要求，得到她和达尔雅·密哈伊洛夫娜的同意；他答应在下一次信里多写给她一些，并向各人遥寄他的拥抱和吻。很明白地，他是在狂喜状态中写这信的。

茶端上来，巴西斯它夫坐下了。问题急雨般落在他身上。每一个人，连毕加梭夫也在内，都高兴地听他带来的消息。

“请告诉我，”在许多问题中列兹尧夫说，“流言说是有一位某某珂尔查瑾先生。这是完全无稽的罢，我想？”

珂尔查瑾是一位美少年，社会的猛狮，非常自负而骄傲的；他的行状非常尊严，好像他不是活着的一个人，但是他的雕像是由群众集资竖立起来的。

“不，不是完全无稽，”巴西斯它夫带笑地回答，“达尔雅·密哈伊洛夫娜很欢喜他；但是娜泰雅·亚历舍耶夫娜听都不高兴听到他。”

“我知道他。”毕加梭夫插口道，“他是双料的笨伯，有名声的笨伯！假如你愿意这样说！假如人们都像他这样，要想人答应活在这世界上就非需要大批的钱去劝动他不可——我敢担保！”

“很对啦！”巴西斯它夫回答，“但是他在社会上占有重要的地位。”

“好，不管他罢！”亚历克山得拉·巴夫洛夫娜喊道。“不要说起他罢！啊，我多么地替我的兄弟高兴！娜泰雅呢，她是活泼而快乐么？”

“是的。她是娴静的，像往常一样。你知道她——但是她好像满意的。”

黄昏在活泼的友爱的谈话中过去了。他们坐下来吃晚饭。

“哦，”列兹尧夫问巴西斯它夫，替他注了一杯红葡萄酒，“你知道罗亭在什么地方么？”

“现在我不确实知道他。去年冬天他在莫斯科住了一个短时期，于是和同伴到莘比尔斯克去。我和他通了一时期的信；在他最后的信里说他要离开莘比尔斯克了——他没有说到什么地方去——以后我就没有听到他的消息。”

“他是好的！”毕加梭夫插口说。“他是住在什么地方在说教。这位先生到处总会找到两个三个附和的人，张口听着他的话，借钱给他。你将来可以看到他会在什么无人知的辽远的一角，死在一位带假发的老妇女的臂上，而她会相信他是世界上最伟大的天才。”

“你说得他很苛刻。”巴西斯它夫不高兴地轻声地说。

“一点也不苛刻，”毕加梭夫回答，“而是十分公允的。在我的意见，他只不过是一条寄生虫。我忘记了告诉你，”他转朝着列兹尧夫继续说，“我认识了一位岱尔拉霍夫，罗亭在外国和他一起旅行过的。是的！是的！他告诉我罗亭的事，你们想都想不到——说起来令人绝倒！这是可注意的事实，所有罗亭的朋友和敬慕者迟早都会成了他的敌人。”

“我请求你在这些朋友中间把我除开！”巴西斯它夫热情地插口道。

“哦，你——这是另一回事！我并不说你。”

“但是岱尔霍夫告诉你一些什么？”亚历克山得拉·巴夫洛夫娜问。

“哦，他告诉我很多，我不完全记得。但是其中最有趣的是罗亭的一段轶事。当他不住地发展着（别人只是吃和睡；这些先生们总是在发展的；他们是在发展的余暇中调整他们的吃和睡，对么，巴西斯它夫先生？）”（巴西斯它夫没有回答。）“这样，当他继续地在发展，罗亭得了一个结论，根据着他的哲理，说是他应当恋爱了。他开始寻找一个配得上他的可惊的结论的爱人。幸运笑临着他。他认识了一位很美丽的法国女裁缝。这整个的故事都发生在莱茵河畔的一个德国小城中，请注意。他开始跑去看她，拿各种各样的书给她，和她谈论些自然和黑格尔。你猜这位女裁缝心里怎样想？她把他当做一个天文学家。不管怎样，你知道他的样子生得不坏—— 一位外国人，一位俄国人，当然——他得到她的喜爱了。终于他请她去赴一个约会，一个饶有诗意的约会，在河上的小船里。法国女人答应了；打扮得漂漂亮亮的，和他一起上船去。他们过了两个钟头。你想他在这全部时间内干点什么？他拍拍女裁缝的头，好像想什么似的望着天，三番两次说他对她觉得父亲般的温爱。法国女人气得发昏地回到家中，后来她自己把这个故事告诉岱尔拉霍夫！他是这样的一个人！”

毕加梭夫高声大笑了。

“你这老恨世者！”亚历克山得拉·巴夫洛夫娜带着烦厌的语调说，“但是我益发愈加相信就是攻击罗亭的人们也找不出他的什么坏处。”

“没有坏处？我敢担保！他的永久的靠别人生活，他的借钱……密哈伊罗·密哈伊里奇，他也向你借过钱罢，无疑地，他不曾么？”

“听着，阿非利加·塞美尼奇！”列兹尧夫说，脸上摆出严重正经的表情，“听着；你知道，我的妻子也知道，直到最后一次和罗亭见面，我并不觉得对他有什么特别的好感情，甚至时常责备他。不管这一些，（列兹尧夫把各个的杯子都斟满了酒）这就是我现在想要向你们提议的，刚才我们曾经祝了我的兄弟和他的将来的新夫人的健康，现在我提议你们饮一杯来祝罗亭的健康！”

亚历克山得拉·巴夫洛夫娜和毕加梭夫，惊奇地望着列兹尧夫，但是巴西斯它夫笑着，眼睛长得很大，快乐得浑身都震颤起来，红着脸。

“我很知道他，”列兹尧夫继续说，“我洞悉他的缺点。这些缺点因为他本身被人注意的目标不小，所以更显而易见。”

“罗亭有个性，有天才！”巴西斯它夫喊道。

“天才，很对，他是有的！”列兹尧夫回答，“但是至于个性……这正是他的不幸，他没有个性……但问题的要点不在这里。我想说他的好的难得的地方是什么。他有热情；请相信我——我是一个够悒郁冷淡的人——这是我们的时代最可宝贵的性质。我们大家都变成难堪的有理智，冷淡，而懒惰了；我们是睡着的，冷的，谁能够喊醒我们温暖我们的是该感谢的！这是千钧一发的时代。你记得么？莎夏，有一次我和你谈起他，我责备他的冷静？我的话是对的，同时也是错了。冷静是在他的血液里面——这不是他的错处——并不在他的头脑里。他不是一个戏子，如我所称他的，不是欺伪者，也不是一个无赖；是的，他靠别人生活，但不是像骗子，而是像一个孩子……无疑的他将会在什么地方因穷困与贫乏而死去，但是我们能因此向他下井投石么？他自己永远不能确切地干出什么事业，他没有生机蓬勃的力，没有血；但是谁有权利说他是没有用处？说他的话不曾在青年——青年们，大自然没有拒绝（如对罗亭那样）赋予他们以行动的力量，和实现他们的理想的才能——的心中播下良好的种子？真的，我自己，第一个，都从他那里得来的……莎夏知道罗亭在我的幼年时代所给予我的影响。我也曾坚持说，我记得，罗亭的话不能对‘人’发生什么影响；但是我是指像我自己那样的‘成人’，像我这般年纪，已经生活过的和受过生活的驯豢的‘成人’。在人的舌辩中有一个错误的音符，在我们听来整个的谐和便毁坏了；但是青年的耳朵，很侥幸的，没有这样的过分精微，没有这样的熟练。假如他觉得他所听见的东西投他的所好，他还管什么声调！声调他们自己会添补进去的！”

“好极！好极！”巴西斯它夫喊道，“这说得公允，至于说到罗亭给别人的影响，我向你们发誓，这个人不但知道怎样来打动你，他还要把你举起来，不让你安静地站着，他一直搅扰到你的灵魂深处而把你燃烧起来！”

“你听见么？”列兹尧夫继续地说，朝着毕加梭夫，“你还要什么更进一步的证明？你攻击哲学；谈谈哲学罢，你也不能找出轻蔑哲学的理由。我自己对它不十分专心研究，我知道得很少；但是我们的主要的不幸并不由于哲学！俄国人从来不会受到哲学的剖微析缕的议论和无意义的空谈的影响的；他们的常识是太丰富了；但是我们不应该让追求智识和真理的挚恳的努力在哲学的名义下受到攻击。罗亭的不幸就是他不了解俄罗斯，这当然的，是一个大大的不幸。俄罗斯可以没有我们中间的任何人，但是我们不能没有俄罗斯！谁想可以没有俄罗斯的人有祸了，谁是真的不要俄罗斯的双倍有祸了！世界大同主义都是谵语，世界大同是乌有——或更坏于乌有；没有民族便没有艺术，没有真理，也没有生命，什么都没有。你不能有一个没有个性表情的理想的脸，只有平凡粗俗的脸才没有个性。但是我再说一遍，这不是罗亭的错误；这是他的命运——一个残酷而不幸的命运——对这我们不能责备他。假如我们要追迹为什么罗亭能在我们中间崛起的原由，这是说得太远了。但是他身上的优点，让我们感谢他罢。这样比曲解他总要愉快些，而我们曾经是曲解他的。去责罚他不是我们的事，也不需要；他自己已经远过于他所应受的更残酷地责罚过自己了。愿上帝能借颠沛流离的不幸把他身上的坏处抹消，而只留下优美的！

我祝饮罗亭的健康！我祝饮我的最美丽的童年时代的老友，祝饮我们的青年，和那时的希望、努力、信仰、真纯，以及二十岁时我们的心为之鼓动的一切；我们所知道的，我们将要知道的，一生中没有什么比这更可贵……我祝饮这黄金时代——祝饮罗亭的健康！”

大家和列兹尧夫碰杯。巴西斯它夫，在热狂中，几乎把杯子碰碎了，一口饮干。亚历克山得拉·巴夫洛夫娜握住列兹尧夫的手。

“怎么，密哈伊罗·密哈伊里奇，我想不到你是一个演说家，”毕加梭夫说，“和罗亭先生自己没有上下，连我也感动了。”

“我并不是演说家，”列兹尧夫回答，有几分讨厌，“但是要感动你，我想是很难的。但是说罗亭说得够了，让我们谈别的事情罢。什么——他叫什么名字——柏达列夫斯基？他还是住在达尔雅·密哈伊洛夫娜的家里么？”他作结语问，转向着巴西斯它夫。

“哦，是的，他仍在那里。她替他设法了一个很好的位置。”

列兹尧夫笑了。

“这就是不会穷困而死的一个人，可以担保。”

晚餐过了。宾客们散去。当亚历克山得拉·巴夫洛夫娜和她的丈夫独自个在一起的时候，她微笑地望着他的脸。

“今晚你多漂亮，密夏，”她说，抚着他的额，“你说得多流畅多高贵！但是请承认，你把罗亭过奖了一点，正如你往日过分地责备他一样。”

“我不能让他们去攻击一个倒下去了的人。在以前的日子呢，我怕他会转移你的念头。”

“不，”亚历克山得拉·巴夫洛夫娜率直地说，“他在我看来总是学问太高。我怕他，在他的面前从来不知道怎样说。但是今晚毕加梭夫对他的嘲谑不是太恶毒了一点么？”

“毕加梭夫？”列兹尧夫回答。“这就是我为什么要这样热烈地袒护罗亭的理由，因为毕加梭夫在此地。他胆敢叫罗亭寄生虫，真的！什么，我认为他所做的角色——我指毕加梭夫——是更坏一百倍！他有自给的财产，而他鄙夷任何人，再看他怎样对有钱的和有地位的人阿谀逢迎！你知道么,这种人，对任何人都藐视，任何事都辱骂，攻击哲学和女人，你知道不知道他在做事的时候，便会受贿和做出种种的事！吁！他就是这种人！”

“这是可能的么？”亚历克山得拉·巴夫洛夫娜喊道，“我从来不曾想到这层！密夏,”她停了一停又说,“我要问你——”

“什么？”

“你怎样想，我的兄弟和娜泰雅一起会快乐么？”

“我怎能告诉你？……从各方面种种看来，这是很可能的。她会占上风……在我们中间是没有理由掩饰这事实的……她比他能干；但是他是一等的好人，整个灵魂都爱着她。你还要什么呢？你看我和你，彼此相爱而幸福的，不是么？”

亚历克山得拉·巴夫洛夫娜微笑着压紧他的手。

同一天，就是刚才描写的在亚历克山得拉·巴夫洛夫娜家中经过了这许多事的一天，在俄罗斯僻远的一个边区，有一辆破烂的有篷小马车，由三只耕马拖着，在熬灼的炎热底下徐徐地沿大路蠕行。车的前座踞着一个头发斑白的农人，穿着褴褛的外衣，两只脚斜挂在车轴上；他不住地抖动着缰绳——这是一根普通的绳——挥着鞭子。车里面，一位高大的男子坐在行囊的上面，戴一顶便帽，穿一件旧外衣。这就是罗亭。他坐着，低了头，帽舌拉到眼际。车子的震动把他抛到这边又那边；但是他好像一点也没有觉得，恍如睡着了的一样。终于他挺一挺身子。

“我们什么时候才到车站？”他问坐在前面的农人。

“过山便是，小伯伯，”农人说，更强烈地抖动缰绳。“还得走一英里半……不会再多了……呃！留神呵！……我来教训你。”他以尖锐的声音加上一句，打右边的一只马。

“你好像不会赶车子，”罗亭说，“我们一清早便上路了，而我们还没到那里。你唱点什么歌儿罢。”

“你有什么办法，小伯伯？你自己可以看到，马匹是过劳了……又是大热天；而我不会唱。我不是马车夫……喂，你这头小羊子！”农人突然朝着一个迎面走来的穿着棕褐色的外衣和后跟都踏平了的草鞋的人喊道。“让开！”

“好一个赶车的！”那人在他的后面喃喃地说，站着不动。“你这坏蛋的莫斯科佬。”他带着十分轻蔑的声音说，摇摇头，一拐一拐地走开了。

“你跑到哪里去？”农人不时地叱着，拢一拢领队的马。“啊！你这恶鬼！走啊！”

疲乏了的马匹终于也一步一捱地到了车站了。罗亭从马车里爬出来，付了钱（农人没有向他鞠躬道谢，把钱留在手掌中摇了好久——显然酒钱是太少了），他自己提着行囊走进车站。

一位当时在俄国旅行得很多的我的朋友告诉我说，假使车站墙壁上挂着《高加索的囚人》[①]的几幅插画或者是俄罗斯将军们的肖像画的，你就不久可以得到马匹；但是假如图画中描写的是著名的赌棍乔治·达·日耳曼的生活的，旅行者便用不着希望很快地离开了；他尽有时间去全部细细鉴赏鹦尾式（à la cookafoo）的头发，白的开襟的背心，以及这位赌棍年青时候穿的非常短而窄小的裤子，和他的在老年的时候，在一间屋顶窄斜的草屋中，挥起椅子打死他的儿子的怒冲冲的面部表情。罗亭走进去的屋子恰正是挂着“人生三十年，又名赌徒生活”的图画的。应了他的喊声，一位管理员出现了，他是刚睡醒起来的（带说一句，曾有人看到不瞌睡的管理员么？），便不待罗亭的动问，用带睡的声音告诉他说没有马匹。

“你怎么可以说是没有马匹呢？”罗亭说，“连我要到什么地方去你都还不知道！我是赶着耕马来的。”

“不论到什么地方我们都没有马匹，”管理人回答，“但是你要到哪里去？”

“到S——”

“我们没有马匹。”管理人重说一句，跑开去了。

罗亭有点着恼地跑到窗边，把帽子抛在桌上。他改变得不很多，但是两年来他苍黄了些：银丝这边一根那边一根地显露在他的发鬈上了；他的眼睛，依然光彩焕发的，好像有一点迷糊了；细纤的皱纹，辛苦和劳思的痕迹，已经刻上了他的嘴唇和前额。他的衣服旧损而破烂，看不到有衬里。他的最佳日子是显明地过去了：正如园丁所说，他要结子了。

他开始读着墙壁上的文字——这是疲乏的旅人的通常的

---

① 《高加索的囚人》普希金作长诗。——译者注。

消遣；突然门咭咭地响了，管理人跑进来。

“没有马匹到S——去，很久都不会有，”他说，“但是此地有几位准备到V——去。”

“到V——？”罗亭说。“什么，这完全不在我的路线上。我要到彭柴去，V——是坐落在，我想，到泰卜夫去的方向上的。”

“这算什么？你可以从泰卜夫到那里去，再从V——你并不绕远路。”

罗亭想了一会。

“好，就算，”他终于说出来，“告诉他们把马配起来。对我是一样的，我就到泰卜夫去。”

马匹不久便驾好了。罗亭拿了自己的行囊，爬上车子，坐下去，和先前一样低垂了头。在他低俯着的姿态上有一点什么无可告助的可怜的恭顺的神情……在单调的铃声中三匹马以慢慢的脚步动身跑了。

尾声

过了几年。

秋凉的一天。一辆旅行马车跑近县厅所在地C——城的头等旅馆的阶前；一位绅士打着呵欠伸着懒腰从车里跑出来。他年纪并不老，但是身段已经长得往往令人望而生敬的魁岸。他走上扶梯，到了二层楼，在宽阔的走廊的入口站住。看见没有人在，便高声地喊说要一个房间。什么地方门响了，一个高大的侍者从低矮的幕后闪出，侧着身子急步地跑上前来，有光泽的背后，捲起的衣袖，在半暗的走廊中隐现着。旅客走进房间之后，立刻便抛去肩巾和外衣，坐在沙发上，两拳拄在膝头，好像刚睡醒似的先向四周瞥了一眼，然后吩咐把仆人喊上来。旅馆侍者一鞠躬便不见了。这位旅客并非别人，就是列兹尧夫。他从乡间到C——来，为了征兵的事情。

列兹尧夫的仆人，一个卷头发、两颊绯红的青年，穿一件鼠灰色的外衣，腰上束着蓝带，着一双软毡鞋，跑进房里来。

“好了，孩子，我们到了，”列兹尧夫说，“你还时时刻刻怕车轮子掉下来哩。”

“我们到了，”仆人回答，在外衣的高领子上试想笑一笑，“但是为什么缘故轮子不掉下来——”

“这里没有人么？”走廊上一个人的声音。

列兹尧夫吓了一跳，听着。

“喂？有人么？”又喊了一声。

列兹尧夫站起来，走到门边，很快地打开门。

在他的前面站着一个高大的，佝偻的，头发几乎完全灰白了的男子，穿了一件缀有青铜纽扣的绒外套。

“罗亭。”他用一种惊奇的声音喊。

罗亭转过身来。他认不出列兹尧夫的形貌，因为他是背光站着的，他迷惑地望着他。

“你不认识我么？”列兹尧夫说。

“密哈伊罗·密哈伊里奇！”罗亭喊道，伸出手来，但又不知所措地缩了回去。列兹尧夫赶快地抓住它，握在自己的双手里。

“进来，请进来！”他对罗亭说，把他拖到房里。

“你多么改变了！”静默了一会之后，列兹尧夫说，不由自主地放低了声音。

“是的，他们也这样说。”罗亭回答，眼睛漫视着室内。“岁月催人……你改变得并不多。你的妻子亚历克山得拉——好么？”

“她很好，谢谢你。但是哪一阵风吹得你来的？”

“故事太长了。简截些说，我是偶然来到此间的。我来找一个朋友……但是我很高兴……”

“你到哪里去吃晚饭呢？”

“哦，我不知道。到什么饭店里。我今天一定要离开此地。”

“你一定？”

罗亭含意深长地微微一笑。

“是的，一定。他们把我送回我自己的老家了。”

“和我一起吃晚饭。”

罗亭还是第一次直望着列兹尧夫的脸。

“你请我和你一起吃晚饭么？”他说。

“是的，罗亭，为了往日和旧谊。你高兴么？我想不到碰到你，只有上帝知道我们将来是否再得相见。我不能像这样地离开你。”

“很好，我同意！”

列兹尧夫压紧罗亭的手，喊他的仆人进来，吩咐预备晚餐，告诉他说要一瓶冰冻的香槟。

吃晚餐的时候，列兹尧夫和罗亭，不约而同地，谈着他们的学生时代，回忆起许多事和许多朋友——死了的和活着的。开始罗亭很少兴趣地说着，但是喝了几杯酒之后，他的血液渐渐温热起来了。等到仆人撤去最后的一碟菜时，列兹尧夫站起来，关上门，又回到桌上，面对着罗亭坐下来，安静地把下巴托在两手里。

“现在，那么，”他说，“请把你所经过的一切事情都告诉我，自从我最末一次和你见面之后。”

罗亭望着列兹尧夫。

“天哪，”列兹尧夫想，“他多么改变了，可怜的人！”

罗亭的容貌和我们上一次在车站上遇见他的时候改变得并不多，虽则逐步逼近的老年添印了不少衰痕；他的表情是不同了。他的眼睛的神色也迥异从前；他的全身，一时缓慢一时又猝然而断续的动作，他的颓丧的讷讷的说话的样子，一切都表示着极端的疲乏，一种默受的暗暗的沮丧，和他从前曾有一时故意装着青年们在充满了希望和怀着自信自尊的时候惯装的那种假设的忧郁是不同了。

“把所碰到的事情统统告诉你？”他说，“我不能统统告诉你，这也不值得。我是疲累了，我漂流得很远——肉体和精神一样。我结识了多少的朋友——天哪！多少事多少人令我失去信仰！是的，多多少少！”罗亭复述一句，注意到列兹尧夫带着一种特别的同情在望着他的脸。“有多少次我自己的话对我自己成了可恨！我不是说我自己唇边的话，而是采纳我的主张者的唇边的话！有多少次我从孩子般的使性易怒递变到像一匹抽上鞭子都不会拂一拂尾巴的驽马一样的鲁钝无感觉！……有多少次我是幸福而有希望的，但是无缘无故结了仇敌，屈辱了自己！有多少次我像鹰般地疾扬高飞——而像一个碎了壳的蜗牛似的蠕行回来……什么地方我不曾住过！什么路不曾走过！……而路，往往是脏的。”罗亭添上一句，稍稍回转头。“你知道……”他继续说……

“听着，”列兹尧夫插口道，“我们曾有一时惯常彼此称着‘德密特里和密哈伊’的。让我们恢复了旧习惯罢……你愿意么？让我们祝饮这已往的日子！”

罗亭一怔，身子挺一挺，在他的眼睛中有一种非言语所能表达的光辉。

“让我们祝饮这往日罢，”他说，“谢谢你，兄弟，让我们祝饮这往日！”

列兹尧夫和罗亭干了杯。

“你知道，密哈伊。”罗亭带着微笑开始说，把名字说得特别重。“在我的肚子里有一条虫在啮着我，磨折着我，永远不让我休息，除非到了生命完时。这虫使我和人们撞击——起先是他们受了我的影响，但到后来……”

罗亭在空中挥他的手。

“自从离开了你，密哈伊，我见得很多，经验得很多……我曾经重新开始生活，创办过二十几桩新的事业——而现在，你看！”

“你没有恒心。”列兹尧夫说，好像对自己说话的一样。

“正如你所说，我没有恒心。我永远不能建设什么，这是很难的，兄弟，要建设什么事业而复得先建筑自己脚下的基础，要先替自己建筑基础！我的所有的尝试——准确地说，我的所有的失败，我不想多描写了。我只告诉你两三件事——在我的一生中觉得有成功的微笑临着我的或者说我希望成功（成功不成功又是另一回事）的几桩事。”

罗亭把他的灰白的已经稀疏的头发往后一掠，一如往时惯把他的厚密的浓厚的发鬈往后掠的姿势一样。

“好，告诉你，密哈伊。”他开始说。“在莫斯科我碰到一个相当古怪的人。他很有钱，是很大的土地的所有者。他的主要的唯一的爱好便是欢喜科学，一般的科学。我永远也想不通怎样他会发生这种爱好。这种爱好之适合于他，正如马鞍之适合于牛背脊。他困难地把自己维持在这样的智力的水平线上，他几乎没有说话的能力，只是带着表情地滚着眼珠，含意深长地摇一摇头。我从来不曾，兄弟，碰到比他脑筋更笨，天资更钝的…….在斯摩伦斯克省，有些地方，除了黄沙和几簇没有动物要啮食的草以外什么都没有。正是像他，在他的手里什么也没有成就；凡事好像都从他的手里滑开了，但是他仍疯狂似的把平易的事情弄成复杂。假如依照他的计划，人们便得倒竖在头顶上吃饭了。他作工，他写，不倦地读书。他以一种固执的不折不挠的精神，一种可怕的忍耐致心于科学；他的虚荣心是大的，他有铁般的意志。他孤独地住着，怪僻得出名。我和他结了朋友……他欢喜我。我得承认，我很快地便把他看透了；但是他的热诚吸引了我。其次，他是拥有如许资源的主人；靠了他，可以做许多有益的事，许多真正有用的事……我就寄住在他的家里，和他一起到乡间去。我的计划，兄弟，规模是很大的；我梦想了许多的改善，许多的革新……”

“正如在拉苏斯基家里一样，你记得么，德密特里？”列兹尧夫回答，带着宽容的笑。

“啊，但是在那时候我心里知道我的话是不能成为事实的；而这一次……一种全然不同的活动的范围展开在我的面前……我搜集了许多农业书籍……说老实话，我一本都没有读完。……好，我开始工作。起先是一点也没有进步，正如我自己所预期的；但是后来渐渐得有点进展了。我的新朋友袖手旁观着，什么也不说；他不干预我，至少也没有到显明的程度。他接受我的意见，将它们实行起来，但是带着固执的悻悻之色，暗中缺少信心；他什么事都照自己的方法去做。他把自己的每一种理想都称赞得不得了。好像一只瓢虫，好容易爬上一片草叶，它坐着，坐着，虽则在剔剔它的鞘翅，预备起飞的样子，而突然间复坠下来。又开始匍匐着了……请不要惊异于这种比喻，当时我老是这样取譬的。这样，我在那儿挣扎了两年。无论我多少努力，工作仍无进步。我开始疲倦了。我的朋友折磨了我；我讥笑他，他好像羽毛的褥子般把我闷死了；他的缺乏信心变成了一种不出声的怨恨；一种敌意起自我们中间两人；我们简直不能说什么话；他静静地但是无间歇地试想表示给我看说他是没有受到我的影响的，我的计划或者是撇在一边，或者是完全改变了。终于，我觉察到，我是在一个显贵的地主的家里扮演一个用智慧的娱乐来讨好他的脚色。无谓地耗费了我的时间和精力，这对我很痛苦，更痛苦的是我觉得我的期望是一次再次地被骗了。我很知道假如我跑开了去我是蒙如何的损失；但是我自己抑制不住自己，有一天，在一场痛苦的可嫌恶的争论里，我自己是在场证人之一，我发现了友人的劣点，我终于和他闹翻了，跑开去，撇下了这新奇的学究，这俄罗斯麦粉搀和着德意志糖浆搓捏就的奇异的混合物。”

“这就是，你抛弃了你每天的面包了，德密特里。”列兹尧夫说，把双手放在罗亭的肩上。

“是的，我又漂流了，两手空空，不名一文，愿意到什么地方便飞向何方。啊！让我们喝一杯罢！”

“祝你健康！”列兹尧夫说，站起来吻着罗亭的前额。“祝你的健康和记念波珂尔斯基，他，也知道怎样安贫的。”

“这是我的第一个故事。”罗亭稍停了一刻说，“要再说下去么？”

“说下去，请你。”

“啊！我不想说话。我说得疲倦了，兄弟……可是，就说一说罢。在到处碰碰之后——说到这里，我本该告诉你，我怎样地成了一位仁慈的显宦的秘书，后来又怎样，但是说来太长……在各处碰碰之后，我终于决定要做一个商人——不要笑，我求你——一个务实的商人。机会来了。我结识了一位——有一个时期他是被人盛道着的——叫做库尔比叶夫的人。”

“哦，我从来不曾听到过他。但是，真的，德密特里，以你的聪明，你怎样不想到营商不是你的项业呢？”

“我知道的，兄弟，这不是我的项业；但是，那么，有什么项业给我呢？只要你见一见库尔比叶夫！请你，不要把他想做是一个头脑空空的侈谈者。他们都说我是会说话的人。在他的身边我便算不得什么了。他是一个非常有智识有学问的人——一个天才，兄弟，一个对于商业和投机事业有创造力的天才，他的脑筋腾涌着最勇敢最出人意料的计划。我遇见了他，我们决定要把我们的能力转移到公众利益的工作上去。”

“什么工作，假如我可以知道？”

罗亭低下眼睛。

“你要笑的，密哈伊。”

“为什么我要笑？不，我不笑。”

“我们决定在K——省开一条供航行用的运河。”罗亭说，带着说不出口似的微笑。

“真的！这位库尔比叶夫是一位资本家，那么？”

“他比我还穷。”罗亭回答，他的灰色的头沉到胸际。

列兹尧夫开始笑了，但又突然停止，握住罗亭的手。

“请原谅！兄弟，请你，”他说，“但是我并没有料到那类事情。这样，我想你们的企业没有比纸上更进展一步罢。”

“并不如此。做了一个开头。我们雇了工人，着手工作了。但是当时就碰到种种的困难。第一点磨坊主人便根本不赞成我们；更困难的，我们不能没有机械使水流改道，而我们没有足够的钱购买机械。六个月来我们住在泥泞的草屋中。库尔比叶夫吃着干面包，我也没有多东西可吃。可是，我们并不埋怨；那里的风景是非常壮丽的。我们努力着，努力着，向商人们呼吁，写信，写传单。在把我的最后一文钱用完了之后告了结束。”

“唔！”列兹尧夫说，“我想把你的最后一文钱花完，德密特里，这不是难事罢？”

“当然不难。”

罗亭望着窗外。

“但是这计划真的是不坏的，也许有绝大的用途。”

“那么库尔比叶夫到哪儿去了呢？”列兹尧夫问。

“哦，现在他在西伯利亚，做了一个淘金者。你可以看到他会替自己造成一个地位；他会发财的。”

“也许是的，但是那么你好像是，是不会替自己造地位发财的罢。”

“对啦！这没有办法！但是我知道我在你的眼睛里永远是一个轻佻的人物。”

“莫说，兄弟；当然有一个时候，当我看到你的弱点的时候；但是现在，请相信我，我学习得了如何来尊重你。你不替你自己造一个地位捞钱。而我爱你，德密特里，就是为了这一点，真的我爱你。”

罗亭淡然地一笑。

“真的？”

“我为了这一点敬你！”列兹尧夫重复说，“你懂得我么？”

两人都沉默了一会。

“好，我要不要往下说第三件事？”罗亭问。

“请说。”

“第三，最后的一件。我刚把这第三件事交代清楚。但是我不累了你么？密哈伊？”

“说下去，说下去。”

“好，”罗亭说，“有一次在闲空的时候——我时常有许多闲空的——我来了一个理想；我有学问的，我的本心是好的。

我想就是你也不会否认我的本心是好的罢？”

“我想不会！”

“在别的各方面我多少都失败了……为什么我不做一个讲师，或者简单地说做一个教书匠……不比浪费我的生命好些么？”

罗亭停住了叹一口气。

“与其浪费我的生命，把我所知道的授给人家还不是更好些么；也许他们至少能从我的学问里面汲出一点用处来。我的能力无论如何比普通人高，语言方面我是拿手。所以我决定把我自己献身于新的工作了。找一个位置，可不容易；我不想教授私人；在低级里面我也没有什么可做。终于，给我找到此地一所中学校的一个教员的位置。”

“什么教员？”列兹尧夫问。

“国文教员。我可以告诉你我从来没有像这番一样热心地来开始做工作的。想到会对青年发生一种影响的念头鼓舞了我。为了开头的一篇讲义，我花了三星期的工夫。”

“这篇讲义还在么？德密特里？”列兹尧夫插口问。

“不！遗失在什么地方了。讲得很不坏，是受了欢迎的。现在我还仿佛看到听众们的脸——良善的青年们的脸，带着灵魂纯洁的注意和同情的表情，几乎是怀着几分惊异的。我踏上讲台，狂热地读我的讲义，我原先想是够讲一点多钟的，但是在二十分钟之内读完了。学校的视察员坐在那里—— 一位戴银边眼镜和短假发的枯干的老人——他时常把头朝着我看。当我讲完了的时候，他从座位上跳了起来，对我说，‘很好，但是超过他们的理解力，意义不大明了，关于本题说得太少一点。’但是学生们的眼光中表示尊敬地望着我——真的，他们是这样。

啊！这就是青年们是如何可贵的地方！我讲了第二次事先写就的演说稿，又来了一个第三次。自此之后我开始作临时的讲演。”

“你得到成功么？”列兹尧夫问。

“我博得极大的成功。我把我灵魂中的所有的一切献给听众。他们中间有两三个真的是难得的孩子；其余的不很了解我。我还得承认就是这几位了解我的人有时也用问题来难倒我，但是我并没有灰心。他们都爱我的，在考试的时候我都给了他们一百分。于是反对我的阴谋来了——不！并不算是阴谋；只是我不守本分罢了。我成了别人的障碍，别人也成了我的障碍。我对中学生所讲演的，就是在大学生中间也不是常有的；他们从我的讲演中得到很少的进益……我自己不大知道这些事实。再者，我不满意于指定给我的限定的范围——你知道这往往是我的弱点。我要求根本的改革，我可以向你起誓这些改革同时是合理的又是易于实行的。我希望靠校长的力量可以实行起来，他是一位正直的良善的人，起先曾受到我的影响的。他的夫人帮助我。我不曾，兄弟，在我的一生中不曾遇见像她那样的妇女。她年纪四十左右；她有信善之心，以十五岁的女孩子的热诚爱着一切佳美的事物，毫不胆怯地在任何人的前面说出她的信仰。我将永远不会忘却她的宽容大度的热情和温善。接受她的意见，我拟了一个计划……但是就在这时候有人在暗算我了，在她的面前进了谗言。我的主要的敌人是数学教师，一位性情乖戾胆汁质的矮小的人，什么都不相信，像毕加梭夫那样的人物，但是比他能干得多……说到这点，毕加梭夫怎样？他还活着么？”

“哦，活着的；只要想一想，他和一位乡下婆娘结了婚，他们说，她打他。”

"该打！娜泰雅·亚历舍耶夫娜呢——她好么？"

"是的。"

"幸福么？"

"是的。"

罗亭静默了一刻。

"我谈到什么地方！……哦，是的！谈到数学教师。他十分恨我；他把我的讲演比作烟火，抓住我的不大清楚的每一句子，有一次为了一个什么十六世纪的纪念碑把我弄得糊涂了。……但是最重要的事，是他怀疑我的主张；我的最后的肥皂泡好像碰上了尖钉一样地碰上了他，破了。这位视察员，开头就和我不投机的，唆动校长反对我。一场冲突发生了。我并不预备让步；我愤慨起来；这桩事传扬到当局的手里了；我逼得要辞职。我不肯就此甘休，我想要证明他们是不能这样地对待我的。……但是他们正得随他们的高兴对待我。……现在我逼得要离开这城市。"

接着是一阵静默，两位朋友都低了头，坐着。

罗亭先开口。

"是啊兄弟，"他说，"现在我可以说，引用珂尔佐夫[①]的话，'你把我导入迷途了，我的青春，竟使我无路可走了'……难道我竟是什么事都不适宜，在地上没有我可以做的工作么？我时常把这问题反问自己，但是无论如何我试想把自己看得低微一点，我总觉得我有一种别人所不曾赋有的才能！为什么我的才能不会开花结实？让我再说一遍，密哈伊，当我和你在外国的时候，我是自负的而充满了错误的思想……当然我没有清晰

① 珂尔佐夫(Koltsov，1808—1843)，俄国著名农民诗人。——译者注。

地觉察到我所需要的是什么；我生活在空谈中，相信着空中楼阁。但是现在，我向你起誓，我可以在人前说出我所感到的种种愿望。我绝对没有什么隐瞒的东西；我是绝对的照着字面上不折不扣的释义，是一个有‘良好的意志’的人。我是谦虚，我准备适应任何环境；我需要很少；我要做最就近的有益的事，甚至于很少益处的事。但是不！我永远失败。这是什么意思？什么东西阻碍了我不能和别人一样地生活，一样地做工？……现在我只是梦想着。我刚得到什么固定的位置，而命运复会来簸弄我。我开始怕它了——我的命运……为什么这样？请为我解释这谜！”

“谜！”列兹尧夫重复一句道。“是的，真的；你之于我永远是一个谜。就是在你的少年时，当在无关紧要的戏谑之后，你会突然好像被刺透了心一样地吐出惊心夺魄的话，于是你又……你知道我说的意思……就在那时候我已经不了解你。这就是我为什么要离开你。……你有这许多能力，这种不倦地对于理想的追求。”

“空话，一切都是空话！什么都没有做！”罗亭插口道。

“什么没有做！有什么可做？”

“有什么可做！靠一己的工作来养活一个盲目的老妇人和她的一家，正如，你记得的，密哈伊，普里雅岑佐夫这样做了。……这就是做了点什么。”

“是的，但是一句有益的话——也是做了点事。”

罗亭望着列兹尧夫，不说话，没精打采地微微摇头。

列兹尧夫还想说些什么，但是他把手抹过脸孔。

“这样，你所以回到你的乡间去么？”他终于问。

“是的。”

“你还有一点财产留在那儿么？”

“有一点。两个半灵魂。[①]这是坐以待死的一只角落了。也许此时你仍在想：‘就是到现在他还是少不了漂亮话！’‘话’真是毁了我；它们把我消损了，而到头来我还撇不了它。这些白发，这些皱纹，这褴褛的衣肘——这可不是只是空话。你对我的批评总是严峻的，密哈伊，你是对的；但是现在不是严峻的时候了，当一切都是完了，当灯里的油干了，而灯的本身也已经破碎，灯芯在那里冒烟熄灭了的时候。死，兄弟啊，终会把我们重归和好……”

列兹尧夫跳起来。

“罗亭，”他喊道，“为什么你对我说这样的话？我怎样受当得起？我是这样的一个批评者，我是这样的一个人么？假如我看到你的低陷的两颊和皱纹，‘只是空话’的念头会进入我的脑筋里来么？你要不要知道我对你作如何想，德密特里？好！我想：这里有一个人——以他的能力什么事会达不到，哪一种世上的利益会得不到，只要他愿意！……而我遇见他饥饿而无家……”

“我引起你的怜悯了。”罗亭喃喃地说，声音有点哽塞。

“不，你错了，你引起我的尊敬——这是我所感觉到的。谁能够阻止你在地主的家里一年又是一年地住下去，他，是你的朋友，他，我纯然相信，会替你预备将来，假使你愿意供他说笑的话？为什么你不能谐和地在中学校里生活下去，为什么你——奇异的人！——不论对某桩事业上的任何理想，结果总是无可避免地牺牲了自己私人的利益，而拒绝了在肥美土地上

---

① 灵魂”是农奴的代名词，帝俄时代称农奴为灵魂的。——译者注。

生根，不管它是如何的有利？”

“我生来就是无根的萍草，”罗亭说，带着忧郁的笑，“自己也停留不住。”

“这是真的；但是你不能停止，不是因为有虫在啮着你，像你最初对我所说的……这不是虫，不是无谓的好动——这是爱真理的烈火在你的心中燃烧着，明显地，纵然你屡次失败；这火在你的心中燃烧着，也许比许多自命为不是自私者竟敢于把你叫做骗子的人们要热烈得多。假如我处在你的地位，很早便会把这条虫安静下来，和一切的事情妥协了；而你简直并不以为苦，德密特里。你是准备就了，我相信，就在今天，会像一个孩子一样地重新开始新的工作。”

“不，兄弟，现在我是疲倦了，”罗亭说，“我受得够了。”

“疲倦了！在别的人便早就会死了。你说死将会把我们重归和好；但是活着，你想，不会和好么？一个活了一生不曾宽恕过别人的人是不配受别人的宽恕的。但是谁能够说他是不需要宽恕呢？你尽了你的所能做了，德密特里……你尽你的所能长时间地奋斗了……还要怎样？我们的路是不同的……”

“你和我全然不同。”罗亭说，吐出一声叹。

“我们的路是不同的，”列兹尧夫继续说，“也许正是因此，多谢我的地位，我的冷血，和诸般幸运的环境，没有什么来阻止我坐在家里，做一个袖手旁观的人；但是你须得要跑到世界上去，卷起袖子，要劳苦，要作工。我们的路是不同的——但是请看我们是如何的接近。我们说的是几乎同样的话。只要半句暗示，我们便互相了解，我们是在同一的理想中长大的。同道的人已是不多，兄弟，我们是摩希庚[1]最后的孑遗了！在往时，当生命在我们的面前留着很多的时候，我们意见尽可不同，甚至于闹架；但是现在，我们这一辈人渐渐减少了，新的一辈越上我们，怀着和我们不同的目的，我们应当彼此偎近！让我们碰杯痛饮罢，德密特里，唱一曲往日的 Gaudeamus isitur!（起来，大家欢乐罢）”

两位朋友碰了杯子，以不合拍的真正的俄罗斯的土风，低声地唱着从前学生时代的歌。

“这样，现在你要回到你的乡间去了。”列兹尧夫又开始说。“我想你不会在那儿久住，我也想不到你在什么地方以及怎样地结束你的一生。……但是请记得，不管你受到如何的遭遇，你总是有一个地方，一个你可以藏身的窝，这就是我的家——你听见么？老伙计？思想，也有它的衰老之年；它们也要一个家。”

罗亭站起来。

“谢谢你，兄弟，”他说，“谢谢！我将不会忘记你的话。只是我不配有一个家。我浪费了我的生命，没有实行我的思想，如我所应该做的。”

“别提！”列兹尧夫说。“各人听天由命罢，不能强求！你曾称你自己是一个‘漂泊的犹太人’……但是你怎样知道——也许你这样永久的漂流是对的，也许就是这样你在完成你自己尚不知道的更高的使命呢；俗慧说我们是在上帝的手中，是有几分真理的。你去了，德密特里，”列兹尧夫继续说，看到罗

---

① 摩希庚 (Mohicans)，北美洲土著 Algokin 人种之一。美国小说家 James Cooper(1789—1851) 著有 The Lvst of Mohicans(1826) 一书。故文中引用该语。——译者注。

亭在拿他的帽子，“你不在此地过夜么？”

“是的，我去了！再会。谢谢你……我将会有坏的收场。”

“只有上帝知道。……你决意要去了么？”

“是的，我要去了。再会。不要记着我的坏处。”

“好，也不要记着我的坏处——不要忘记我对你所说的话。再会……”

两位朋友互相拥抱。罗亭很快地跑开了。

列兹尧夫在室内来来往往走了好久，站在窗的前面想，喃喃地说。“可怜的人！”于是他坐在桌前，开始写一封给他的妻子的信。

但是外面起风了，带着不吉的预兆在长嚎，盛怒似地摇撼着格格作响的窗叶。长的秋夜开始了。在这种夜里，能有家庭的庇荫，坐在安全的温暖的一只角上的人是有福了……愿上帝帮助所有的无家可归的流落的人！

一八四八年七月二十六日的一个酷热的下午，在巴黎，当赤色共和党(ateliers nationaux)的革命几乎完全敉平了的时候，主战队中的一大队在圣安东尼近郊的一条窄巷里攻取一个防垒。几发的炮弹已经把它击毁；残余的守御者都只顾自己的安全把它抛弃了，突然间在防垒的高顶，一辆翻身的公共马车的箱架上，出现一个穿着一件旧外套的高大的汉子，束着一条红腰带，灰白的蓬乱的头发上载着一顶草帽。他一手握着红旗，另一只手一把缺锋的弯形大刀，当他扒上来的时候，口里喊着一声尖锐的声音，挥舞着旗帜和大刀。一个维赛尼斯的枪手瞄准他，放了。这个高大汉子掉下了红旗——像一只布袋似的面孔朝地翻下来，好像他仆倒在什么人的脚前致最敬的礼一样。

弹子贯了他的心脏。

"Tiens!"（"瞧！"）一位逃走的革命党对另一个人说，"on vient de tuer le polonais!（啊！波兰人打死了。）"

"Bigre!"（"妈的"）另一个人回答，两个人一同跑进屋子的地窖里面，这屋子的窗户都是关着的，墙壁上满是子弹和炸药的斑痕。

这位波兰人便是德密特里·罗亭。